Aéthoré
Guillaume
2€

COLLECTION
FOLIO CLASSIQUE

Guy de Maupassant

Boule de suif

Édition présentée et annotée
par Louis Forestier

Gallimard

PRÉFACE

La nouvelle « Boule de suif » parut dans Les Soirées de Médan *qui sortirent sous la célèbre couverture jaune de l'éditeur Charpentier, en avril 1880. Le volume a sa légende, dont Maupassant lui-même est en partie responsable : le 17 avril 1880, il publiait en effet, dans* Le Gaulois, *un article consacré aux* Soirées *et intitulé « Comment ce livre a été fait ». Il en présente la genèse comme celle d'une sorte de nouveau* Décaméron, *chacun des collaborateurs — lui-même, Huysmans, Céard, Alexis, Hennique, Zola — racontant à son tour, dans la propriété du dernier, à Médan, une histoire relative à la guerre de 1870.*

Nous savons que la réalité fut sensiblement différente. Avant d'être recueillies en volume, les nouvelles de Zola, Céard et Huysmans avaient fait l'objet de publication dans des revues. Quant à Maupassant, il travaille à son texte depuis les derniers mois de l'année 1879. En novembre, il en parle à son maître, Flaubert ; en décembre, il lui écrit : « Je travaille ferme à ma nouvelle sur les Rouennais et la guerre. Je serai désormais obligé d'avoir des pistolets dans mes poches pour traverser Rouen. » En janvier, la nouvelle est achevée et remise à l'imprimeur ; un mois plus tard, Flaubert lit « Boule de suif » en épreuves. Parmi les compliments, qu'il ne ménage pas à son disciple, il glisse quelques remarques dont Maupassant tint compte comme le prouvent les variantes qu'on peut relever entre le manuscrit (conservé à la Pierpont Morgan Library, à New York) et le texte définitif : certaines correspondent précisément aux objections du « Vieux » de Croisset.

Le volume, dans une préface aussi courte que mordante, s'affirmait comme représentant une philosophie et des tendances littéraires nouvelles. Il fut, en effet, reçu à la manière d'un manifeste, celui du naturalisme, et provoqua l'indignation d'un certain nombre de critiques, dont celui du Figaro. Dans ce concert, discordant, une note s'élevait cependant, toujours la même : l'hommage rendu à la supériorité de « Boule de suif » sur les autres nouvelles du recueil. Déjà, les collaborateurs de Maupassant l'avaient reconnu quand il leur avait lu son travail achevé ; déjà Flaubert l'écrivait : « Le conte de mon disciple, dont j'ai lu ce matin les épreuves, est un chef-d'œuvre ; je maintiens le mot, un chef-d'œuvre de composition, de comique et d'observation » (1er février 1880). Sous la plume de Flaubert, l'éloge n'était pas mince ; et il écrivait encore : « Ce petit conte restera, soyez-en sûr ! » (1er février 1880). « "Boule de suif" écrase le volume dont le titre est stupide » (24 avril 1880).

Les six collaborateurs des Soirées *avaient d'abord songé à intituler autrement leur volume et à l'appeler* L'Invasion comique. *La formule fut jugée trop provocante. Elle reflète pourtant bien l'un des aspects du livre, ce comique amer et noir au plus profond de l'horreur des combats. Le sentiment de l'absurde est essentiel à ce livre. Il représente, pour quelques jeunes romanciers, une façon nouvelle d'interpréter la défaite de 1870 et va à contre-courant des convictions que certains, Déroulède par exemple, s'efforçaient d'inculquer à l'opinion. Aux larmoiements sur la France vaincue succédait une tendance revancharde qui allait aboutir, en 1882, à la création de la Ligue des Patriotes et, à plus long terme, à la boucherie de 1914-1918. Maupassant, avec toutes les nuances voulues, définit clairement son dessein : « Nous n'avons eu, en faisant ce livre, aucune intention antipatriotique, ni aucune intention quelconque ; nous avons voulu seulement tâcher de donner à nos récits une note juste sur la guerre, de les dépouiller du chauvinisme à la Déroulède, de l'enthousiasme faux jugé jusqu'ici nécessaire dans toute narration où se trouvent une culotte rouge et un fusil. »*

Pour ce faire, l'auteur inscrit son œuvre dans la plus exacte réalité : celle de la Normandie durant l'hiver de 1870-1871. Sous des noms empruntés, on reconnaît quelques traits appartenant à des personnages réels : Boule de suif serait une certaine Adrienne Legay ; Carré-Lamadon est un avatar de Pouyer-Quertier, maire de Rouen ; Cornudet tire une part de son attitude de celle d'un oncle de

Maupassant, Charles Cord'homme. Et c'est même ce dernier qui aurait narré à l'écrivain l'anecdote qui fait le sujet de la nouvelle.

En fait, Maupassant va au-delà même de cette vision de la guerre. En opposant à une femme dite « immorale » les représentants de la morale bourgeoise, voire républicaine, il condamne en bloc ces derniers. La conclusion jette sur la nouvelle une note pessimiste.

*

On voit ce qui rapproche Maupassant du naturalisme et ce qui l'en éloigne. Il accepte l'idée que tout écrivain, désireux de donner l'image de la vie, doit se refuser aux enchaînements exceptionnels d'une intrigue bien agencée. Le conte, par sa forme courte et ramassée, le dispense de courir ce risque. Il met l'accent sur « l'humble vérité » du petit fait quotidien. Il le choisit entre mille autres possibles et regarde s'accomplir un instant d'une existence.

Maupassant agit en expérimentateur, mais pas comme Zola. En transférant à un narrateur la maîtrise du récit, il donne l'illusion que le conte se crée au fur et à mesure qu'il avance : il n'est que cette parole ; il commence et il finit avec elle. De plus, il ne prétend rien expliquer : il prend le monde tel qu'il est, objectivement. Du même coup, il lui est impossible d'y faire évoluer d'autres personnages que des êtres ordinaires, souvent médiocres, quelquefois ratés. Il a conscience d'un renouvellement des techniques du récit. Elles ne trouveront leur application et leur épanouissement que plus d'un demi-siècle après sa mort.

Il sait, mieux qu'on ne l'a prétendu, ce qu'est l'acte d'écrire. En ce domaine, il a été à l'école de Flaubert. Auprès du « Vieux » de Croisset, il apprend à se soucier des mots et des choses.

Écrire ! C'est l'ambition du jeune Guy, dès son adolescence. L'œuvre du conteur et du romancier masque, une fois de plus, l'ampleur et la variété de sa production littéraire : plus de trois cents contes, dont une partie seulement constitue, de son vivant, la matière de quinze recueils, six romans, sans compter les fragments de deux autres, inachevés, l'équivalent de trois volumes de chroniques, un de théâtre, trois d'impressions de voyages, enfin un de vers. En tout, une trentaine de volumes dont certains sont devenus introuvables, en dehors des collections de l'œuvre complète.

Comme presque tout le monde, Maupassant commence par la poésie. Tantôt c'est une pièce libertine, tantôt un poème énamouré pour une égérie qui lui pouffe au nez. Ce n'est pas encore bien sérieux, sauf pour l'adolescent qu'il est. Il renonce à la poésie en 1880, à partir du moment où « Boule de suif » le rend célèbre du jour au lendemain comme nouvelliste. Le conteur n'a pourtant pas tué le poète : la campagne enneigée, une yole sur la Seine, les nuits de brouillard sur l'eau…

Le dramaturge aussi persiste dans les contes. Maupassant possède le sens de l'effet. Il a le génie du dialogue et du mot au point que certains contes sont traités comme de véritables saynètes. L'écrivain manifeste sa sympathie pour l'impression-

nisme ; ailleurs ce sera un Toulouse-Lautrec, ici c'est un Renoir. Maupassant possède une écriture de l'image. Il est bien naturel qu'il ait tenté et qu'il continue de solliciter les cinéastes. J'ajouterai que la forme ramassée, réduite et quasi confidentielle du conte s'adapte admirablement à la technique moderne de la télévision.

*

On ne peut s'arrêter à la seule technique. La lecture des contes de Maupassant révèle un certain nombre de sujets ou de thèmes obsédants, par lesquels s'exprime une certaine vision du monde et à travers lesquels l'écrivain se démasque malgré lui.

La guerre semble à Maupassant la chose la plus scandaleuse. Tout la condamne : les actes de barbarie comme les manifestations d'un courage parfois involontaire. Le fait remarquable est qu'il va à contre-courant des sentiments que le pouvoir s'applique à susciter dans l'opinion. Les campagnes coloniales prennent des allures de croisades : après l'Afrique du Nord, c'est le Tonkin. La revanche contre l'Allemagne devient un objectif sacré ; Déroulède en est le chantre. Toutes les nouvelles qui évoquent la guerre de 1870 doivent être lues dans cette perspective de mensonge et d'absurdité. Le sujet nous vaut une des chroniques les plus virulentes que Maupassant ait jamais écrites :

> Quand j'entends prononcer ce mot : la guerre, il me vient un effarement comme si on me parlait

> de sorcellerie, d'inquisition, d'une chose lointaine, finie, abominable, monstrueuse, contre nature [...].
> Eh bien oui, puisque les gouvernements prennent ainsi le droit de mort sur les peuples, il n'y a rien d'étonnant à ce que les peuples prennent parfois le droit de mort sur les gouvernements.

Maupassant pourrait, comme quelques-uns de ses contemporains, illustrer la lutte de classes qui ébranle son temps. Il n'en fait rien. La classe dirigeante apparaît dans une singulière ambiguïté (il est vrai que Maupassant écrit surtout pour elle) : profiteurs, protecteurs ou paternalistes ; en tout cas, toujours en position avantageuse. Il adhère à cette société, tout en condamnant une part de ses agissements. Il donne à son public virtuel l'occasion de s'admirer dans sa laideur et ses contradictions ; il ne met pourtant pas, dans cette attitude, la volonté systématique d'un Sartre. Si bien que le texte de Maupassant est moins ambigu que dissonant.

*

Maupassant aboutit à une vue pessimiste de l'existence. Il la tient de Schopenhauer ; mais la vue de ses contemporains le confirme dans cette philosophie. Il vit, avec une immense pitié, un univers mal fait, absurde et sans finalité, plein de pièges pour l'homme.

Ce masque d'observateur que Maupassant arbore ne doit pas tromper. L'ayant jeté, l'écrivain vient vers nous avec la vision d'un monde dont les pro-

blèmes ne nous sont pas étrangers. Dans la parole pure du conte il en donne le symbole ou l'allégorie. Ce qu'il écrit, c'est la fable de son temps, *toujours actuelle*.

LOUIS FORESTIER

BOULE DE SUIF

Pendant plusieurs jours de suite des lambeaux d'armée en déroute avaient traversé la ville. Ce n'était point de la troupe, mais des hordes débandées. Les hommes avaient la barbe longue et sale, des uniformes en guenilles, et ils avançaient d'une allure molle, sans drapeau, sans régiment. Tous semblaient accablés, éreintés, incapables d'une pensée ou d'une résolution, marchant seulement par habitude, et tombant de fatigue sitôt qu'ils s'arrêtaient. On voyait surtout des mobilisés, gens pacifiques, rentiers tranquilles, pliant sous le poids du fusil ; des petits moblots alertes, faciles à l'épouvante et prompts à l'enthousiasme, prêts à l'attaque comme à la fuite ; puis, au milieu d'eux, quelques culottes rouges, débris d'une division moulue dans une grande bataille ; des artilleurs sombres alignés avec ces fantassins divers ; et, parfois, le casque brillant d'un dragon au pied pesant qui suivait avec peine la marche plus légère des lignards.

Des légions de francs-tireurs aux appellations héroïques : « les Vengeurs de la Défaite — les

Citoyens de la Tombe — les Partageurs de la Mort » — passaient à leur tour, avec des airs de bandits.

Leurs chefs, anciens commerçants en draps ou en graines, ex-marchands de suif ou de savon, guerriers de circonstance, nommés officiers pour leurs écus ou la longueur de leurs moustaches, couverts d'armes, de flanelle et de galons, parlaient d'une voix retentissante, discutaient plans de campagne, et prétendaient soutenir seuls la France agonisante sur leurs épaules de fanfarons : mais ils redoutaient parfois leurs propres soldats, gens de sac et de corde, souvent braves à outrance, pillards et débauchés.

Les Prussiens allaient entrer dans Rouen, disait-on.

La Garde nationale qui, depuis deux mois, faisait des reconnaissances très prudentes dans les bois voisins, fusillant parfois ses propres sentinelles, et se préparant au combat quand un petit lapin remuait sous des broussailles, était rentrée dans ses foyers. Ses armes, ses uniformes, tout son attirail meurtrier dont elle épouvantait naguère les bornes des routes nationales à trois lieues à la ronde avaient subitement disparu[1].

Les derniers soldats français venaient enfin de traverser la Seine pour gagner Pont-Audemer par Saint-Sever et Bourg-Achard[2] ; et, marchant après tous, le général, désespéré, ne pouvant rien tenter avec ces loques disparates, éperdu lui-même dans la grande débâcle d'un peuple habitué à vaincre et désastreusement battu malgré sa bravoure légendaire, s'en allait à pied, entre deux officiers d'ordonnance.

Puis un calme profond, une attente épouvantée et silencieuse avaient plané sur la cité. Beaucoup de bourgeois bedonnants, émasculés par le commerce, attendaient anxieusement les vainqueurs, tremblant qu'on ne considérât comme une arme leurs broches à rôtir ou leurs grands couteaux de cuisine.

La vie semblait arrêtée ; les boutiques étaient closes, la rue muette. Quelquefois un habitant, intimidé par ce silence, filait rapidement le long des murs.

L'angoisse de l'attente faisait désirer la venue de l'ennemi.

Dans l'après-midi du jour qui suivit le départ des troupes françaises, quelques uhlans, sortis on ne sait d'où, traversèrent la ville avec célérité. Puis, un peu plus tard, une masse noire descendit de la côte Sainte-Catherine, tandis que deux autres flots envahisseurs apparaissaient par les routes de Darnétal et de Bois-Guillaume[1]. Les avant-gardes des trois corps, juste au même moment, se joignirent sur la place de l'Hôtel-de-Ville ; et, par toutes les rues voisines, l'armée allemande arrivait, déroulant ses bataillons qui faisaient sonner les pavés sous leur pas dur et rythmé.

Des commandements criés d'une voix inconnue et gutturale montaient le long des maisons qui semblaient mortes et désertes, tandis que, derrière les volets fermés, des yeux guettaient ces hommes victorieux, maîtres de la cité, des fortunes et des vies de par le « droit de la guerre ». Les habitants, dans leurs chambres assombries, avaient l'affolement que donnent les cataclysmes, les grands bouleversements meurtriers de la terre, contre lesquels toute sagesse et toute force sont inutiles. Car la même sensation reparaît chaque fois que l'ordre établi des choses est renversé, que la sécurité n'existe plus, que tout ce que protégeaient les lois des hommes ou celles de la nature se trouve à la merci d'une brutalité inconsciente et féroce. Le tremblement de terre écrasant sous les maisons croulantes un peuple entier ; le fleuve débordé qui roule les paysans noyés avec les cadavres des bœufs et les poutres arrachées aux toits, ou l'armée glorieuse massacrant ceux qui se défendent, emmenant les autres prisonniers, pillant au nom du Sabre et remerciant un Dieu au son du canon, sont autant de fléaux effrayants qui déconcertent toute croyance à la justice éternelle, toute la confiance qu'on nous enseigne en la protection du ciel et la raison de l'homme.

Mais à chaque porte des petits détachements frappaient, puis disparaissaient dans les maisons. C'était l'occupation après l'invasion. Le devoir commençait pour les vaincus de se montrer gracieux envers les vainqueurs.

Au bout de quelque temps, une fois la première terreur disparue, un calme nouveau s'établit. Dans beaucoup de familles, l'officier prussien mangeait à table. Il était parfois bien élevé, et, par politesse, plaignait la France, disait sa répugnance en prenant part à cette guerre. On lui était reconnaissant de ce sentiment ; puis on pouvait, un jour ou l'autre, avoir besoin de sa protection. En le ménageant on obtiendrait peut-être quelques hommes de moins à nourrir. Et pourquoi blesser quelqu'un dont on dépendait tout à fait ? Agir ainsi serait moins de la bravoure que de la témérité. — Et la témérité n'est plus un défaut des bourgeois de Rouen, comme au temps des défenses héroïques où s'illustra leur cité. — On se disait enfin, raison suprême tirée de l'urbanité française, qu'il demeurait bien permis d'être poli dans son intérieur pourvu qu'on ne se montrât pas familier, en public, avec le soldat étranger. Au-dehors on ne se connaissait plus, mais dans la maison on causait volontiers, et l'Allemand demeurait plus longtemps, chaque soir, à se chauffer au foyer commun.

La ville même reprenait peu à peu de son aspect ordinaire. Les Français ne sortaient guère encore, mais les soldats prussiens grouillaient dans les rues. Du reste, les officiers de hussards bleus, qui traînaient avec arrogance leurs grands outils de mort sur le pavé, ne semblaient pas avoir pour les simples citoyens énormément plus de mépris que les officiers de chasseurs, qui, l'année d'avant, buvaient aux mêmes cafés.

Il y avait cependant quelque chose dans l'air, quelque chose de subtil et d'inconnu, une atmosphère étrangère intolérable, comme une odeur répandue, l'odeur de l'invasion. Elle emplissait les demeures et les places publiques, changeait le goût des aliments, donnait l'impression d'être en voyage, très loin, chez des tribus barbares et dangereuses.

Les vainqueurs exigeaient de l'argent, beaucoup d'argent. Les habitants payaient toujours ; ils étaient riches d'ailleurs. Mais plus un négociant normand devient opulent et plus il souffre de tout sacrifice, de toute parcelle de sa fortune qu'il voit passer aux mains d'un autre.

Cependant, à deux ou trois lieues sous la ville, en suivant le cours de la rivière, vers Croisset, Dieppedalle ou Biessart[1], les mariniers et les pêcheurs ramenaient souvent du fond de l'eau quelque cadavre d'Allemand gonflé dans son uniforme, tué d'un coup de couteau ou de savate, la tête écrasée par une pierre, ou jeté à l'eau d'une poussée du haut d'un pont. Les vases du fleuve ensevelissaient ces vengeances obscures, sauvages et légitimes, héroïsmes inconnus, attaques muettes, plus périlleuses que les batailles au grand jour et sans le retentissement de la gloire.

Car la haine de l'Étranger arme toujours quelques Intrépides prêts à mourir pour une Idée.

Enfin, comme les envahisseurs, bien qu'assujettissant la ville à leur inflexible discipline, n'avaient accompli aucune des horreurs que la renommée leur faisait commettre tout le long de leur marche triomphale, on s'enhardit, et le besoin du négoce travailla de nouveau le cœur des commerçants du pays. Quelques-uns avaient de gros intérêts engagés au Havre que l'armée française occupait, et ils voulurent tenter de gagner ce port en allant par terre à Dieppe où ils s'embarqueraient[2].

On employa l'influence des officiers allemands dont on avait fait la connaissance, et une autorisation de départ fut obtenue du général en chef.

Donc, une grande diligence à quatre chevaux ayant été retenue pour ce voyage, et dix personnes s'étant fait inscrire chez le voiturier, on résolut de partir un mardi matin, avant le jour, pour éviter tout rassemblement.

Depuis quelque temps déjà la gelée avait durci la terre, et le lundi, vers trois heures, de gros nuages noirs venant du nord apportèrent la neige qui tomba sans interruption pendant toute la soirée et toute la nuit.

À quatre heures et demie du matin, les voyageurs se réunirent dans la cour de l'Hôtel de Normandie[1], où l'on devait monter en voiture.

Ils étaient encore pleins de sommeil, et grelottaient de froid sous leurs couvertures. On se voyait mal dans l'obscurité ; et l'entassement des lourds vêtements d'hiver faisait ressembler tous ces corps à des curés obèses avec leurs longues soutanes. Mais deux hommes se reconnurent, un troisième les aborda, ils causèrent : — « J'emmène ma femme », — dit l'un. — « J'en fais autant. » — « Et moi aussi. » — Le premier ajouta : — « Nous ne reviendrons pas à Rouen, et si les Prussiens approchent du Havre nous gagnerons l'Angleterre. » — Tous avaient les mêmes projets, étant de complexion semblable.

Cependant on n'attelait pas la voiture. Une petite lanterne, que portait un valet d'écurie, sortait de temps à autre d'une porte obscure pour disparaître immédiatement dans une autre. Des pieds de chevaux frappaient la terre, amortis par le fumier des litières, et une voix d'homme parlant aux bêtes et jurant s'entendait au fond du bâtiment. Un léger murmure de grelots annonça qu'on maniait les harnais ; ce murmure devint bientôt un frémissement clair et continu, rythmé par le mouvement de l'animal, s'arrêtant parfois, puis reprenant dans une brusque secousse qu'accompagnait le bruit mat d'un sabot ferré battant le sol.

La porte subitement se ferma. Tout bruit cessa. Les bourgeois gelés s'étaient tus ; ils demeuraient immobiles et roidis.

Un rideau de flocons blancs ininterrompu miroitait sans cesse en descendant vers la terre ; il effaçait les formes, poudrait les choses d'une mousse de glace ; et l'on n'entendait plus, dans le grand silence de la ville calme et ensevelie sous l'hiver que ce froissement vague innommable et flottant, de la neige qui tombe, plutôt sensation que bruit, entremêlement d'atomes légers qui semblaient emplir l'espace, couvrir le monde.

L'homme reparut, avec sa lanterne, tirant au bout d'une corde un cheval triste qui ne venait pas volontiers. Il le plaça contre le timon, attacha les traits, tourna longtemps autour pour assurer les harnais, car il ne pouvait se servir que d'une main, l'autre portant sa lumière. Comme il allait chercher la seconde bête, il remarqua tous ces voyageurs immobiles, déjà blancs de neige, et leur dit : — « Pourquoi ne montez-vous pas dans la voiture, vous serez à l'abri, au moins. »

Ils n'y avaient pas songé, sans doute, et ils se précipitèrent. Les trois hommes installèrent leurs femmes dans le fond, montèrent ensuite ; puis les autres formes indécises et voilées prirent à leur tour les dernières places sans échanger une parole.

Le plancher était couvert de paille où les pieds s'enfoncèrent. Les dames du fond, ayant apporté des petites chaufferettes en cuivre avec un charbon chimique, allumèrent ces appareils, et, pendant quelque temps, à voix basse, elles en énumérèrent les avantages, se répétant des choses qu'elles savaient déjà depuis longtemps.

Enfin, la diligence étant attelée avec six chevaux au lieu de quatre à cause du tirage plus pénible, une voix du dehors demanda : — « Tout le monde est-il monté ? » — Une voix du dedans répondit : — « Oui. » — On partit.

La voiture avançait lentement, lentement, à tout petits pas. Les roues s'enfonçaient dans la neige ; le coffre entier geignait avec des craquements sourds ; les bêtes glissaient, soufflaient, fumaient ; et le fouet gigantesque du cocher claquait sans repos, voltigeait de tous les côtés, se nouant et se déroulant comme un serpent mince, et cinglant brusquement quelque croupe rebondie qui se tendait alors sous un effort plus violent.

Mais le jour imperceptiblement grandissait. Ces flocons légers qu'un voyageur, Rouennais pur sang, avait comparés à une pluie de coton[1], ne tombaient plus. Une lueur sale filtrait à travers de gros nuages obscurs et lourds qui rendaient plus éclatante la blancheur de la campagne où apparaissaient tantôt une ligne de grands arbres vêtus de givre, tantôt une chaumière avec un capuchon de neige.

Dans la voiture on se regardait curieusement, à la triste clarté de cette aurore.

Tout au fond, aux meilleures places, sommeillaient, en face l'un de l'autre, M. et Mme Loiseau, des marchands de vin en gros de la rue Grand-Pont[1].

Ancien commis d'un patron ruiné dans les affaires, Loiseau avait acheté le fonds et fait fortune. Il vendait à très bon marché de très mauvais vin aux petits débitants des campagnes et passait parmi ses connaissances et ses amis pour un fripon madré, un vrai Normand plein de ruses et de jovialité.

Sa réputation de filou était si bien établie, qu'un soir, à la préfecture, M. Tournel, auteur de fables et de chansons, esprit mordant et fin, une gloire locale, ayant proposé aux dames qu'il voyait un peu somnolentes de faire une partie de « Loiseau vole », le mot lui-même vola à travers les salons du préfet, puis, gagnant ceux de la ville, avait fait rire pendant un mois toutes les mâchoires de la province.

Loiseau était en outre célèbre par ses farces de toute nature, ses plaisanteries bonnes ou mauvaises ; et personne ne pouvait parler de lui sans ajouter immédiatement : — « Il est impayable, ce Loiseau. »

De taille exiguë, il présentait un ventre en ballon surmonté d'une face rougeaude entre deux favoris grisonnants.

Sa femme, grande, forte, résolue, avec la voix haute et la décision rapide, était l'ordre et l'arithmétique de la maison de commerce qu'il animait par son activité joyeuse.

À côté d'eux se tenait, plus digne, appartenant à une caste supérieure, M. Carré-Lamadon, homme considérable, posé dans les cotons, propriétaire de trois filatures, officier de la Légion d'honneur et membre du Conseil général. Il était resté, tout le temps de l'Empire, chef de l'opposition bienveillante, uniquement pour se faire payer plus cher son ralliement à la cause qu'il combattait avec des armes courtoises, selon sa propre expression. Mme Carré-Lamadon, beaucoup plus jeune que son mari, demeurait la consolation des officiers de bonne famille envoyés à Rouen en garnison.

Elle faisait vis-à-vis à son époux, toute petite, toute mignonne, toute jolie, pelotonnée dans ses fourrures, et regardait d'un œil navré l'intérieur lamentable de la voiture.

Ses voisins, le comte et la comtesse Hubert de Bréville, portaient un des noms les plus anciens et les plus nobles de Normandie. Le comte, vieux gentilhomme de grande tournure, s'efforçait d'accentuer, par les artifices de sa toilette, sa ressemblance naturelle avec le roy Henri IV qui, suivant une légende glorieuse pour la famille, avait rendu grosse une dame de Bréville dont le mari, pour ce fait, était devenu comte et gouverneur de province.

Collègue de M. Carré-Lamadon au Conseil général, le comte Hubert représentait le parti orléaniste[1] dans le département. L'histoire de son mariage avec la fille d'un petit armateur de Nantes était toujours demeurée mystérieuse. Mais comme la comtesse avait grand air, recevait mieux que personne, passait même pour avoir été aimée par un des fils de Louis-Philippe, toute la noblesse lui faisait fête, et son salon demeurait le premier du pays, le seul où se conservât la vieille galanterie, et dont l'entrée fût difficile.

La fortune des Bréville, toute en biens-fonds, atteignait, disait-on, cinq cent mille livres de revenu.

Ces six personnes formaient le fond de la voiture, le côté de la société rentée, sereine et forte, des honnêtes gens autorisés qui ont de la Religion et des Principes.

Par un hasard étrange, toutes les femmes se trouvaient sur le même banc ; et la comtesse avait encore pour voisines deux bonnes sœurs qui égrenaient de longs chapelets en marmottant des *Pater* et des *Ave*. L'une était vieille avec une face défoncée par la petite vérole comme si elle eût reçu à bout portant une bordée de mitraille en pleine figure. L'autre, très chétive, avait une tête jolie et maladive sur une poitrine de phtisique rongée par cette foi dévorante qui fait les martyrs et les illuminés.

En face des deux religieuses, un homme et une femme attiraient les regards de tous.

L'homme, bien connu, était Cornudet le démoc[1], la terreur des gens respectables. Depuis vingt ans, il trempait sa grande barbe rousse dans les bocks de tous les cafés démocratiques. Il avait mangé avec les frères et amis une assez belle fortune qu'il tenait de son père, ancien confiseur, et il attendait impatiemment la République pour obtenir enfin la place méritée par tant de consommations révolutionnaires. Au quatre septembre[2], par suite d'une farce peut-être, il s'était cru nommé préfet, mais quand il voulut entrer en fonctions, les garçons de bureau, demeurés seuls maîtres de la place, refusèrent de le reconnaître, ce qui le contraignit à la retraite. Fort bon garçon, du reste, inoffensif et serviable, il s'était occupé avec une ardeur incomparable d'organiser la défense. Il avait fait creuser des trous dans les plaines, coucher tous les jeunes arbres des forêts voisines, semé des pièges sur toutes les routes, et, à l'approche de l'ennemi, satisfait de ses préparatifs, il s'était vivement replié vers la ville. Il pensait maintenant se rendre plus utile au Havre, où de nouveaux retranchements allaient être nécessaires.

La femme, une de celles appelées galantes, était célèbre par son embonpoint précoce qui lui avait valu le surnom de Boule de suif[1]. Petite, ronde de partout, grasse à lard, avec des doigts bouffis, étranglés aux phalanges, pareils à des chapelets de courtes saucisses ; avec une peau luisante et tendue, une gorge énorme qui saillait sous sa robe, elle restait cependant appétissante et courue, tant sa fraîcheur faisait plaisir à voir. Sa figure était une pomme rouge, un bouton de pivoine prêt à fleurir ; et là-dedans s'ouvraient, en haut, deux yeux noirs magnifiques, ombragés de grands cils épais qui mettaient une ombre dedans ; en bas, une bouche charmante, étroite, humide pour le baiser, meublée de quenottes luisantes et microscopiques.

Elle était de plus, disait-on, pleine de qualités inappréciables.

Aussitôt qu'elle fut reconnue, des chuchotements coururent parmi les femmes honnêtes, et les mots de « prostituée », de « honte publique » furent chuchotés si haut qu'elle leva la tête. Alors elle promena sur ses voisins un regard tellement provocant et hardi qu'un grand silence aussitôt régna, et tout le monde baissa les yeux à l'exception de Loiseau, qui la guettait d'un air émoustillé.

Mais bientôt la conversation reprit entre les trois dames que la présence de cette fille avait rendues subitement amies, presque intimes. Elles devaient faire, leur semblait-il, comme un faisceau de leurs dignités d'épouses en face de cette vendue sans vergogne ; car l'amour légal le prend toujours de haut avec son libre confrère.

Les trois hommes aussi, rapprochés par un instinct de conservateurs à l'aspect de Cornudet, parlaient argent d'un certain ton dédaigneux pour les pauvres. Le comte Hubert disait les dégâts que lui avaient fait subir les Prussiens, les pertes qui résulteraient du bétail volé et des récoltes perdues, avec une assurance de grand seigneur dix fois millionnaire que ces ravages gêneraient à peine une année. M. Carré-Lamadon, fort éprouvé dans l'industrie cotonnière, avait eu soin d'envoyer six cent mille francs en Angleterre, une poire pour la soif qu'il se ménageait à toute occasion. Quant à Loiseau, il s'était arrangé pour vendre à l'Intendance française tous les vins communs qui lui restaient en cave, de sorte que l'État lui devait une somme formidable qu'il comptait bien toucher au Havre.

Et tous les trois se jetaient des coups d'œil rapides et amicaux. Bien que de conditions différentes, ils se sentaient frères par l'argent, de la grande franc-maçonnerie de ceux qui possèdent, qui font sonner de l'or en mettant la main dans la poche de leur culotte.

La voiture allait si lentement qu'à dix heures du matin on n'avait pas fait quatre lieues. Les hommes descendirent trois fois pour monter des côtes à pied. On commençait à s'inquiéter, car on devait déjeuner à Tôtes[1] et l'on désespérait maintenant d'y parvenir avant la nuit. Chacun guettait pour apercevoir un cabaret sur la route, quand la diligence sombra dans un amoncellement de neige et il fallut deux heures pour la dégager.

L'appétit grandissait, troublait les esprits ; et aucune gargote, aucun marchand de vin ne se montraient, l'approche des Prussiens et le passage des troupes françaises affamées ayant effrayé toutes les industries.

Les messieurs coururent aux provisions dans les fermes au bord du chemin, mais ils n'y trouvèrent pas même de pain, car le paysan défiant cachait ses réserves dans la crainte d'être pillé par les soldats qui, n'ayant rien à se mettre sous la dent, prenaient par force ce qu'ils découvraient.

Vers une heure de l'après-midi, Loiseau annonça que décidément il se sentait un rude creux dans l'estomac. Tout le monde souffrait comme lui depuis longtemps ; et le violent besoin de manger, augmentant toujours, avait tué les conversations.

De temps en temps quelqu'un bâillait ; un autre presque aussitôt l'imitait ; et chacun, à tour de rôle, suivant son caractère, son savoir-vivre et sa position sociale, ouvrait la bouche avec fracas ou modestement en portant vite sa main devant le trou béant d'où sortait une vapeur.

Boule de suif, à plusieurs reprises, se pencha

comme si elle cherchait quelque chose sous ses jupons. Elle hésitait une seconde, regardait ses voisins, puis se redressait tranquillement. Les figures étaient pâles et crispées. Loiseau affirma qu'il payerait mille francs un jambonneau. Sa femme fit un geste comme pour protester ; puis elle se calma. Elle souffrait toujours en entendant parler d'argent gaspillé, et ne comprenait même pas les plaisanteries sur ce sujet. — « Le fait est que je ne me sens pas bien, dit le comte, comment n'ai-je pas songé à apporter des provisions ? » — Chacun se faisait le même reproche.

Cependant Cornudet avait une gourde pleine de rhum ; il en offrit ; on refusa froidement. Loiseau seul en accepta deux gouttes, et, lorsqu'il rendit la gourde, il remercia : — « C'est bon tout de même, ça réchauffe, et ça trompe l'appétit. » — L'alcool le mit en belle humeur et il proposa de faire comme sur le petit navire de la chanson : de manger le plus gras des voyageurs. Cette allusion indirecte à Boule de suif choqua les gens bien élevés. On ne répondit pas ; Cornudet seul eut un sourire. Les deux bonnes sœurs avaient cessé de marmotter leur rosaire, et, les mains enfoncées dans leurs grandes manches, elles se tenaient immobiles, baissant obstinément les yeux, offrant sans doute au ciel la souffrance qu'il leur envoyait.

Enfin, à trois heures, comme on se trouvait au milieu d'une plaine interminable, sans un seul village en vue, Boule de suif se baissant vivement, retira de sous la banquette un large panier couvert d'une serviette blanche.

Elle en sortit d'abord une petite assiette de

faïence, une fine timbale en argent, puis une vaste terrine dans laquelle deux poulets entiers, tout découpés, avaient confi sous leur gelée ; et l'on apercevait encore dans le panier d'autres bonnes choses enveloppées, des pâtés, des fruits, des friandises, les provisions préparées pour un voyage de trois jours, afin de ne point toucher à la cuisine des auberges. Quatre goulots de bouteilles passaient entre les paquets de nourriture. Elle prit une aile de poulet et, délicatement, se mit à la manger avec un de ces petits pains qu'on appelle « Régence » en Normandie[1].

Tous les regards étaient tendus vers elle. Puis l'odeur se répandit, élargissant les narines, faisant venir aux bouches une salive abondante avec une contraction douloureuse de la mâchoire sous les oreilles. Le mépris des dames pour cette fille devenait féroce, comme une envie de la tuer, ou de la jeter en bas de la voiture, dans la neige, elle, sa timbale, son panier et ses provisions.

Mais Loiseau dévorait des yeux la terrine de poulet. Il dit : — « À la bonne heure, madame a eu plus de précaution que nous. Il y a des personnes qui savent toujours penser à tout. » — Elle leva la tête vers lui : — « Si vous en désirez, monsieur ? C'est dur de jeûner depuis le matin. » — Il salua : — « Ma foi, franchement, je ne refuse pas, je n'en peux plus. À la guerre comme à la guerre, n'est-ce pas, madame ? » — Et, jetant un regard circulaire, il ajouta : — « Dans des moments comme celui-ci, on est bien aise de trouver des gens qui vous obligent. » — Il avait un journal qu'il étendit pour ne point tacher son pantalon, et sur la pointe d'un couteau toujours logé dans sa poche, il enleva une cuisse toute vernie de gelée, la dépeça des dents, puis la mâcha avec une satisfaction si évidente qu'il y eut dans la voiture un grand soupir de détresse.

Mais Boule de suif, d'une voix humble et douce, proposa aux bonnes sœurs de partager sa collation. Elles acceptèrent toutes les deux instantanément, et, sans lever les yeux, se mirent à manger très vite après avoir balbutié des remerciements. Cornudet ne refusa pas non plus les offres de sa voisine, et l'on forma avec les religieuses une sorte de table en développant des journaux sur les genoux.

Les bouches s'ouvraient et se fermaient sans cesse, avalaient, mastiquaient, engloutissaient férocement. Loiseau, dans son coin, travaillait dur, et, à voix basse, il engageait sa femme à l'imiter. Elle résista longtemps, puis, après une crispation qui lui parcourut les entrailles, elle céda. Alors son mari, arrondissant sa phrase, demanda à leur « charmante compagne » si elle lui permettait d'offrir un petit morceau à Mme Loiseau. Elle dit : — « Mais oui, certainement, monsieur », avec un sourire aimable, et tendit la terrine.

Un embarras se produisit lorsqu'on eut débouché la première bouteille de bordeaux : il n'y avait qu'une timbale. On se la passa après l'avoir essuyée. Cornudet seul, par galanterie sans doute, posa ses lèvres à la place humide encore des lèvres de sa voisine.

Alors, entourés de gens qui mangeaient, suffoqués par les émanations des nourritures, le comte et la comtesse de Bréville, ainsi que M. et

Mme Carré-Lamadon souffrirent ce supplice odieux qui a gardé le nom de Tantale. Tout d'un coup la jeune femme du manufacturier poussa un soupir qui fit retourner les têtes ; elle était aussi blanche que la neige du dehors ; ses yeux se fermèrent, son front tomba : elle avait perdu connaissance. Son mari, affolé, implorait le secours de tout le monde. Chacun perdait l'esprit, quand la plus âgée des bonnes sœurs, soutenant la tête de la malade, glissa entre ses lèvres la timbale de Boule de suif et lui fit avaler quelques gouttes de vin. La jolie dame remua, ouvrit les yeux, sourit et déclara d'une voix mourante qu'elle se sentait fort bien maintenant. Mais, afin que cela ne se renouvelât plus, la religieuse la contraignit à boire un plein verre de bordeaux, et elle ajouta : — « C'est la faim, pas autre chose. »

Alors Boule de suif, rougissante et embarrassée, balbutia en regardant les quatre voyageurs restés à jeun : — « Mon Dieu, si j'osais offrir à ces messieurs et à ces dames... » Elle se tut, craignant un outrage. Loiseau prit la parole : — « Eh, parbleu, dans des cas pareils tout le monde est frère et doit s'aider. Allons, mesdames, pas de cérémonie, acceptez, que diable ! Savons-nous si nous trouverons seulement une maison où passer la nuit ? Du train dont nous allons, nous ne serons pas à Tôtes avant demain midi. » — On hésitait, personne n'osant assumer la responsabilité du « oui ».

Mais le comte trancha la question. Il se tourna vers la grosse fille intimidée, et, prenant son grand air de gentilhomme, il lui dit : — « Nous acceptons avec reconnaissance, madame. »

Le premier pas seul coûtait. Une fois le Rubicon passé on s'en donna carrément. Le panier fut vidé. Il contenait encore un pâté de foies gras, un pâté de mauviettes, un morceau de langue fumée, des poires de Crassane, un pavé de Pont-l'Évêque, des petits fours et une tasse pleine de cornichons et d'oignons au vinaigre : Boule de suif, comme toutes les femmes, adorant les crudités.

On ne pouvait manger les provisions de cette fille sans lui parler. Donc on causa, avec réserve d'abord, puis, comme elle se tenait fort bien, on s'abandonna davantage. Mmes de Bréville et Carré-Lamadon, qui avaient un grand savoir-vivre, se firent gracieuses avec délicatesse. La comtesse surtout montra cette condescendance aimable des très nobles dames qu'aucun contact ne peut salir, et fut charmante. Mais la forte Mme Loiseau, qui avait une âme de gendarme, resta revêche, parlant peu et mangeant beaucoup.

On s'entretint de la guerre naturellement. On raconta des faits horribles des Prussiens, des traits de bravoure des Français ; et tous ces gens qui fuyaient rendirent hommage au courage des autres. Les histoires personnelles commencèrent bientôt et Boule de suif raconta, avec une émotion vraie, avec cette chaleur de parole qu'ont parfois les filles pour exprimer leurs emportements naturels, comment elle avait quitté Rouen :

— « J'ai cru d'abord que je pourrais rester, disait-elle. J'avais ma maison pleine de provisions, et j'aimais mieux nourrir quelques soldats que m'expatrier je ne sais où. Mais quand je les ai vus, ces Prussiens, ce fut plus fort que moi ! Ils m'ont tourné le sang de colère ; et j'ai pleuré de honte toute la journée. Oh ! si j'étais un homme, allez ! Je les regardais de ma fenêtre, ces gros porcs avec leur casque à pointe, et ma bonne me tenait les mains pour m'empêcher de leur jeter mon mobilier sur le dos. Puis il en est venu pour loger chez moi ; alors j'ai sauté à la gorge du premier. Ils ne sont pas plus difficiles à étrangler que d'autres ! Et je l'aurais terminé, celui-là, si l'on ne m'avait pas tirée par les cheveux. Il a fallu me cacher après ça. Enfin, quand j'ai trouvé une occasion, je suis partie, et me voici. »

On la félicita beaucoup. Elle grandissait dans l'estime de ses compagnons qui ne s'étaient pas montrés si crânes ; et Cornudet, en l'écoutant, gardait un sourire approbateur et bienveillant d'apôtre ; de même un prêtre entend un dévot louer Dieu, car les démocrates à longue barbe ont le monopole du patriotisme comme les hommes en soutane ont celui de la religion. Il parla à son tour d'un ton doctrinaire, avec l'emphase apprise dans les proclamations qu'on collait chaque jour aux murs, et il finit par un morceau d'éloquence où il étrillait magistralement cette « crapule de Badinguet[1] ».

Mais Boule de suif aussitôt se fâcha, car elle était bonapartiste. Elle devenait plus rouge qu'une guigne, et, bégayant d'indignation : — « J'aurais bien voulu vous voir à sa place, vous autres. Ça aurait été du propre, ah oui ! C'est vous qui l'avez trahi, cet homme ! On n'aurait plus qu'à quitter la France si l'on était gouverné par des polissons comme vous ! » — Cornudet, impassible, gardait un sourire dédaigneux et supérieur, mais on sentait que les gros mots allaient arriver quand le comte s'interposa et calma, non sans peine, la fille exaspérée, en proclamant avec autorité que toutes les opinions sincères étaient respectables. Cependant la comtesse et la manufacturière, qui avaient dans l'âme la haine irraisonnée des gens comme il faut pour la République, et cette instinctive tendresse que nourrissent toutes les femmes pour les gouvernements à panache et despotiques, se sentaient, malgré elles, attirées vers cette prostituée pleine de dignité, dont les sentiments ressemblaient si fort aux leurs.

Le panier était vide. À dix on l'avait tari sans peine, en regrettant qu'il ne fût pas plus grand. La conversation continua quelque temps, un peu refroidie néanmoins depuis qu'on avait fini de manger.

La nuit tombait, l'obscurité peu à peu devint profonde, et le froid, plus sensible pendant les digestions, faisait frissonner Boule de suif, malgré sa graisse. Alors Mme de Bréville lui proposa sa chaufferette dont le charbon, depuis le matin, avait été plusieurs fois renouvelé, et l'autre accepta tout de suite, car elle se sentait les pieds gelés. Mmes Carré-Lamadon et Loiseau donnèrent les leurs aux religieuses.

Le cocher avait allumé ses lanternes. Elles éclairaient d'une lueur vive un nuage de buée au-dessus de la croupe en sueur des timoniers[1], et, des deux côtés de la route, la neige qui semblait se dérouler sous le reflet mobile des lumières.

On ne distinguait plus rien dans la voiture ;

mais tout à coup un mouvement se fit entre Boule de suif et Cornudet ; et Loiseau, dont l'œil fouillait l'ombre, crut voir l'homme à la grande barbe s'écarter vivement comme s'il eût reçu quelque bon coup lancé sans bruit.

Des petits points de feu parurent en avant sur la route. C'était Tôtes. On avait marché onze heures, ce qui, avec les deux heures de repos laissées en quatre fois aux chevaux pour manger l'avoine et souffler, faisait quatorze[1]. On entra dans le bourg et devant l'Hôtel du Commerce on s'arrêta[2].

La portière s'ouvrit ! Un bruit bien connu fit tressaillir tous les voyageurs ; c'étaient les heurts d'un fourreau de sabre sur le sol. Aussitôt la voix d'un Allemand cria quelque chose.

Bien que la diligence fût immobile, personne ne descendait, comme si l'on se fût attendu à être massacré à la sortie. Alors le conducteur apparut tenant à la main une de ses lanternes qui éclaira subitement jusqu'au fond de la voiture les deux rangs de têtes effarées, dont les bouches étaient ouvertes et les yeux écarquillés de surprise et d'épouvante.

À côté du cocher se tenait, en pleine lumière, un officier allemand, un grand jeune homme excessivement mince et blond, serré dans son uniforme comme une fille en son corset, et portant sur le côté sa casquette plate et cirée qui le faisait ressembler au chasseur d'un hôtel anglais. Sa moustache démesurée, à longs poils droits, s'amincissant indéfiniment de chaque côté et terminée par un seul fil blond, si mince qu'on n'en apercevait pas la fin, semblait peser sur les coins de sa bouche, et, tirant la joue, imprimait aux lèvres un pli tombant.

Il invita en français d'Alsacien les voyageurs à sortir, disant d'un ton raide : — « Foulez-fous tescentre, messieurs et tames ? »

Les deux bonnes sœurs obéirent les premières avec une docilité de saintes filles habituées à toutes les soumissions. Le comte et la comtesse parurent ensuite, suivis du manufacturier et de sa femme, puis de Loiseau poussant devant lui sa grande moitié. Celui-ci, en mettant pied à terre, dit à l'officier : — « Bonjour, monsieur », par un sentiment de prudence bien plus que de politesse. L'autre, insolent comme les gens tout-puissants, le regarda sans répondre.

Boule de suif et Cornudet, bien que près de la portière, descendirent les derniers, graves et hautains devant l'ennemi. La grosse fille tâchait de se dominer et d'être calme : le démoc tourmentait d'une main tragique et un peu tremblante sa longue barbe roussâtre. Ils voulaient garder de la dignité, comprenant qu'en ces rencontres-là chacun représente un peu son pays ; et pareillement révoltés par la souplesse de leurs compagnons, elle tâchait de se montrer plus fière que ses voisines, les femmes honnêtes, tandis que lui, sentant bien qu'il devait l'exemple, continuait en toute son attitude sa mission de résistance commencée au défoncement des routes.

On entra dans la vaste cuisine de l'auberge, et l'Allemand, s'étant fait présenter l'autorisation de départ signée par le général en chef et où étaient mentionnés les noms, le signalement et la profession de chaque voyageur, examina longuement tout ce monde, comparant les personnes aux renseignements écrits.

Puis il dit brusquement : — « C'est pien », et il disparut.

Alors on respira. On avait faim encore ; le souper fut commandé. Une demi-heure était nécessaire pour l'apprêter ; et, pendant que deux servantes avaient l'air de s'en occuper, on alla visiter les chambres. Elles se trouvaient toutes dans un long couloir que terminait une porte vitrée marquée d'un numéro parlant[1].

Enfin on allait se mettre à table, quand le patron de l'auberge parut lui-même. C'était un ancien marchand de chevaux, un gros homme asthmatique, qui avait toujours des sifflements, des enrouements, des chants de glaires dans le larynx. Son père lui avait transmis le nom de Follenvie.

Il demanda :

— « Mademoiselle Élisabeth Rousset ? »

Boule de suif tressaillit, se retourna :

— « C'est moi.

— Mademoiselle, l'officier prussien veut vous parler immédiatement.

— À moi ?

— Oui, si vous êtes bien mademoiselle Élisabeth Rousset. »

Elle se troubla, réfléchit une seconde, puis déclara carrément :

— « C'est possible, mais je n'irai pas. »

Un mouvement se fit autour d'elle ; chacun discutait, cherchait la cause de cet ordre. Le comte s'approcha :

— « Vous avez tort, madame, car votre refus peut amener des difficultés considérables, non seulement pour vous, mais même pour tous vos compagnons. Il ne faut jamais résister aux gens qui sont les plus forts. Cette démarche assurément ne peut présenter aucun danger ; c'est sans doute pour quelque formalité oubliée. »

Tout le monde se joignit à lui, on la pria, on la pressa, on la sermonna, et l'on finit par la convaincre ; car tous redoutaient les complications qui pourraient résulter d'un coup de tête. Elle dit enfin :

— « C'est pour vous que je le fais, bien sûr ! »

La comtesse lui prit la main :

— « Et nous vous en remercions. »

Elle sortit. On l'attendit pour se mettre à table.

Chacun se désolait de n'avoir pas été demandé à la place de cette fille violente et irascible, et préparait mentalement des platitudes pour le cas où on l'appellerait à son tour.

Mais, au bout de dix minutes, elle reparut, soufflant, rouge à suffoquer, exaspérée. Elle balbutiait : — « Oh la canaille ! la canaille ! »

Tous s'empressaient pour savoir, mais elle ne dit rien ; et comme le comte insistait, elle répondit avec une grande dignité : — « Non, cela ne vous regarde pas, je ne peux pas parler. »

Alors on s'assit autour d'une haute soupière d'où sortait un parfum de choux. Malgré cette alerte, le souper fut gai. Le cidre était bon, le ménage Loiseau et les bonnes sœurs en prirent, par économie. Les autres demandèrent du vin ; Cornudet réclama de la bière. Il avait une façon particulière de déboucher la bouteille, de faire mousser le liquide, de le considérer en penchant le verre, qu'il élevait ensuite entre la lampe et son œil pour bien apprécier la couleur. Quand il buvait, sa grande barbe, qui avait gardé la nuance de son breuvage aimé, semblait tressaillir de tendresse ; ses yeux louchaient pour ne point perdre de vue sa chope, et il avait l'air de remplir l'unique fonction pour laquelle il était né. On eût dit qu'il établissait en son esprit un rapprochement et comme une affinité entre les deux grandes passions qui occupaient toute sa vie : le Pale Ale et la Révolution ; et assurément il ne pouvait déguster l'un sans songer à l'autre.

M. et Mme Follenvie dînaient tout au bout de la table. L'homme, râlant comme une locomotive crevée, avait trop de tirage dans la poitrine pour pouvoir parler en mangeant ; mais la femme ne se taisait jamais. Elle raconta toutes ses impressions à l'arrivée des Prussiens, ce qu'ils faisaient, ce qu'ils disaient, les exécrant, d'abord, parce qu'ils lui coûtaient de l'argent, et, ensuite, parce qu'elle avait deux fils à l'armée. Elle s'adressait surtout à la comtesse, flattée de causer avec une dame de qualité.

Puis elle baissait la voix pour dire les choses délicates, et son mari, de temps en temps, l'interrompait : — « Tu ferais mieux de te taire, madame Follenvie. » — Mais elle n'en tenait aucun compte, et continuait :

— « Oui, madame, ces gens-là, ça ne fait que

manger des pommes de terre et du cochon, et puis du cochon et des pommes de terre. Et il ne faut pas croire qu'ils sont propres. — Oh non ! — Ils ordurent partout, sauf le respect que je vous dois. Et si vous les voyiez faire l'exercice pendant des heures et des jours ; ils sont là tous dans un champ : — et marche en avant, et marche en arrière, et tourne par-ci, et tourne par-là. — S'ils cultivaient la terre au moins, ou s'ils travaillaient aux routes dans leur pays ! — Mais non, madame, ces militaires, ça n'est profitable à personne ! Faut-il que le pauvre peuple les nourrisse pour n'apprendre rien qu'à massacrer ! — Je ne suis qu'une vieille femme sans éducation, c'est vrai, mais en les voyant qui s'esquintent le tempérament à piétiner du matin au soir, je me dis : — Quand il y a des gens qui font tant de découvertes pour être utiles, faut-il que d'autres se donnent tant de mal pour être nuisibles ! Vraiment, n'est-ce pas une abomination de tuer des gens, qu'ils soient Prussiens, ou bien Anglais, ou bien Polonais, ou bien Français ? — Si l'on se revenge sur quelqu'un qui vous a fait tort, c'est mal, puisqu'on vous condamne ; mais quand on extermine nos garçons comme du gibier, avec des fusils, c'est donc bien, puisqu'on donne des décorations à celui qui en détruit le plus ? — Non, voyez-vous, je ne comprendrai jamais ça ! »

Cornudet éleva la voix :

— « La guerre est une barbarie quand on attaque un voisin paisible ; c'est un devoir sacré quand on défend la patrie. »

La vieille femme baissa la tête :

— « Oui, quand on se défend, c'est autre chose ; mais si l'on ne devrait pas plutôt tuer tous les rois qui font ça pour leur plaisir ? »

L'œil de Cornudet s'enflamma :

— « Bravo citoyenne ! » dit-il.

M. Carré-Lamadon réfléchissait profondément. Bien qu'il fût fanatique des illustres capitaines, le bon sens de cette paysanne le faisait songer à l'opulence qu'apporteraient dans un pays tant de bras inoccupés et par conséquent ruineux, tant de forces qu'on entretient improductives, si on les employait aux grands travaux industriels qu'il faudra des siècles pour achever.

Mais Loiseau, quittant sa place, alla causer tout bas avec l'aubergiste. Le gros homme riait, toussait, crachait ; son énorme ventre sautillait de joie aux plaisanteries de son voisin, et il lui acheta six feuillettes[1] de bordeaux pour le printemps, quand les Prussiens seraient partis.

Le souper à peine achevé, comme on était brisé de fatigue, on se coucha.

Cependant Loiseau, qui avait observé les choses, fit mettre au lit son épouse, puis colla tantôt son oreille et tantôt son œil au trou de la serrure, pour tâcher de découvrir ce qu'il appelait : « les mystères du corridor ».

Au bout d'une heure environ, il entendit un frôlement, regarda bien vite, et aperçut Boule de suif qui paraissait plus replète encore sous un peignoir[2] de cachemire bleu, bordé de dentelles blanches. Elle tenait un bougeoir à la main et se dirigeait vers le gros numéro[3] tout au fond du couloir. Mais une porte, à côté, s'entrouvrit, et, quand elle revint au bout de quelques minutes, Cornudet, en bretelles, la suivait. Ils parlaient bas, puis ils s'arrêtèrent. Boule de suif semblait défendre l'entrée de sa chambre avec énergie. Loiseau, malheureusement, n'entendait pas les paroles, mais, à la fin, comme ils élevaient la voix, il put en saisir quelques-unes. Cornudet insistait avec vivacité. Il disait :

— « Voyons, vous êtes bête, qu'est-ce que ça vous fait ? »

Elle avait l'air indignée et répondit :

— « Non, mon cher, il y a des moments où ces choses-là ne se font pas ; et puis, ici, ce serait une honte. »

Il ne comprenait point, sans doute, et demanda pourquoi. Alors elle s'emporta, élevant encore le ton :

— « Pourquoi ? Vous ne comprenez pas pourquoi ? Quand il y a des Prussiens dans la maison, dans la chambre à côté, peut-être ? »

Il se tut. Cette pudeur patriotique de catin qui ne se laissait point caresser près de l'ennemi, dut réveiller en son cœur sa dignité défaillante, car, après l'avoir seulement embrassée, il regagna sa porte à pas de loup.

Loiseau, très allumé, quitta la serrure, battit un entrechat dans sa chambre, mit son madras[1], souleva le drap sous lequel gisait la dure carcasse de sa compagne qu'il réveilla d'un baiser en murmurant : — « M'aimes-tu, chérie ? »

Alors toute la maison devint silencieuse. Mais bientôt s'éleva quelque part, dans une direction indéterminée qui pouvait être la cave aussi bien que le grenier, un ronflement puissant, monotone, régulier, un bruit sourd et prolongé, avec des tremblements de chaudière sous pression. M. Follenvie dormait.

Comme on avait décidé qu'on partirait à huit heures le lendemain, tout le monde se trouva dans la cuisine ; mais la voiture, dont la bâche avait un toit de neige, se dressait solitaire au milieu de la cour, sans chevaux et sans conducteur. On chercha en vain celui-ci dans les écuries, dans les fourrages, dans les remises. Alors tous les hommes se résolurent à battre le pays et ils sortirent. Ils se trouvèrent sur la place, avec l'église au fond et, des deux côtés, des maisons basses où l'on apercevait des soldats prussiens. Le premier qu'ils virent épluchait des pommes de terre. Le second, plus loin, lavait la boutique du coiffeur. Un autre, barbu jusqu'aux yeux, embrassait un mioche qui pleurait et le berçait sur ses genoux pour tâcher de l'apaiser ; et les grosses paysannes dont les hommes étaient à « l'armée de la guerre », indiquaient par signes à leurs vainqueurs obéissants le travail qu'il fallait entreprendre : fendre du bois, tremper la soupe, moudre le café ; un d'eux même lavait le linge de son hôtesse, une aïeule tout impotente.

Le comte, étonné, interrogea le bedeau qui sortait du presbytère. Le vieux rat d'église lui répondit :

— « Oh ! ceux-là ne sont pas méchants ; c'est pas des Prussiens à ce qu'on dit. Ils sont de plus loin ; je ne sais pas bien d'où ; et ils ont tous laissé une femme et des enfants au pays ; ça ne les amuse pas, la guerre, allez ! Je suis sûr qu'on pleure bien aussi là-bas après les hommes ; et ça fournira une fameuse misère chez eux comme chez nous. Ici, encore, on n'est pas trop malheureux pour le moment, parce qu'ils ne font pas de mal et qu'ils travaillent comme s'ils étaient dans leurs maisons. Voyez-vous, monsieur, entre pauvres gens, faut bien qu'on s'aide... C'est les grands qui font la guerre. »

Cornudet, indigné de l'entente cordiale établie entre les vainqueurs et les vaincus, se retira, préférant s'enfermer dans l'auberge. Loiseau eut un mot pour rire : — « Ils repeuplent. » M. Carré-Lamadon eut un mot grave : — « Ils réparent. » Mais on ne trouvait pas le cocher. À la fin on le découvrit dans le café du village, attablé fraternellement avec l'ordonnance de l'officier. Le comte l'interpella :

— « Ne vous avait-on pas donné l'ordre d'atteler pour huit heures ?

— Ah bien oui, mais on m'en a donné un autre depuis.

— Lequel ?

— De ne pas atteler du tout.

— Qui vous a donné cet ordre ?

— Ma foi ! le commandant prussien.

— Pourquoi ?

— Je n'en sais rien. Allez lui demander. On me défend d'atteler, moi je n'attelle pas. — Voilà.

— C'est lui-même qui vous a dit cela ?

— Non, monsieur, c'est l'aubergiste qui m'a donné l'ordre de sa part.

— Quand ça ?

— Hier soir, comme j'allais me coucher. »

Les trois hommes rentrèrent fort inquiets.

On demanda M. Follenvie, mais la servante répondit que monsieur, à cause de son asthme, ne se levait jamais avant dix heures. Il avait même formellement défendu de le réveiller plus tôt, excepté en cas d'incendie.

On voulut voir l'officier, mais cela était impossible absolument, bien qu'il logeât dans l'auberge M. Follenvie seul était autorisé à lui parler pour les affaires civiles. Alors on attendit. Les femmes remontèrent dans leurs chambres, et des futilités les occupèrent.

Cornudet s'installa sous la haute cheminée de la cuisine où flambait un grand feu. Il se fit apporter là une des petites tables du café, une canette, et il tira sa pipe qui jouissait parmi les démocrates d'une considération presque égale à la sienne, comme si elle avait servi la patrie en servant à Cornudet. C'était une superbe pipe en écume admirablement culottée, aussi noire que les dents de son maître, mais parfumée, recourbée, luisante, familière à sa main, et complétant sa physionomie. Et il demeura immobile, les yeux tantôt fixés sur la flamme du foyer, tantôt sur la mousse qui couronnait sa chope ; et chaque fois qu'il avait bu, il passait d'un air satisfait ses longs doigts maigres dans ses longs cheveux gras pendant qu'il humait sa moustache frangée d'écume.

Loiseau, sous prétexte de se dégourdir les jambes, alla placer du vin aux débitants du pays. Le comte et le manufacturier se mirent à causer politique. Ils prévoyaient l'avenir de la France. L'un croyait aux d'Orléans, l'autre à un sauveur inconnu, un héros qui se révélerait quand tout serait désespéré : un du Guesclin, une Jeanne d'Arc peut-être ? ou un autre Napoléon Ier ? Ah ! si le prince impérial n'était pas si jeune[1] ? Cornudet, les écoutant, souriait en homme qui sait le mot des destinées. Sa pipe embaumait la cuisine.

Comme dix heures sonnaient, M. Follenvie parut. On l'interrogea bien vite ; mais il ne put que répéter deux ou trois fois, sans une variante, ces paroles : — « L'officier m'a dit comme ça : "Monsieur Follenvie, vous défendrez qu'on attelle demain la voiture de ces voyageurs. Je ne veux pas qu'ils partent sans mon ordre. Vous entendez. Ça suffit." »

Alors on voulut voir l'officier. Le comte lui envoya sa carte où M. Carré-Lamadon ajouta son nom et tous ses titres. Le Prussien fit répondre qu'il admettrait ces deux hommes à lui parler quand il aurait déjeuné, c'est-à-dire vers une heure.

Les dames reparurent et l'on mangea quelque peu, malgré l'inquiétude. Boule de suif semblait malade et prodigieusement troublée.

On achevait le café quand l'ordonnance vint chercher ces messieurs.

Loiseau se joignit aux deux premiers ; mais comme on essayait d'entraîner Cornudet pour donner plus de solennité à leur démarche, il déclara fièrement qu'il entendait n'avoir jamais aucun rapport avec les Allemands ; et il se remit dans sa cheminée, demandant une autre canette.

Les trois hommes montèrent et furent introduits dans la plus belle chambre de l'auberge où l'officier les reçut, étendu dans un fauteuil, les pieds sur la cheminée, fumant une longue pipe de porcelaine, et enveloppé par une robe de chambre flamboyante, dérobée sans doute dans la demeure abandonnée de quelque bourgeois de mauvais goût. Il ne se leva pas, ne les salua pas, ne les regarda pas. Il présentait un magnifique échantillon de la goujaterie naturelle au militaire victorieux.

Au bout de quelques instants il dit enfin :

— « Qu'est-ce que fous foulez ? »

Le comte prit la parole : — « Nous désirons partir, monsieur.

— Non.

— Oserai-je vous demander la cause de ce refus ?

— Parce que che ne feux pas.

— Je vous ferai respectueusement observer, monsieur, que votre général en chef nous a délivré une permission de départ pour gagner Dieppe ; et je ne pense pas que nous ayons rien fait pour mériter vos rigueurs.

— Che ne feux pas... foilà tout... Fous poufez tescentre. »

S'étant inclinés tous les trois ils se retirèrent.

L'après-midi fut lamentable. On ne comprenait rien à ce caprice d'Allemand ; et les idées les plus singulières troublaient les têtes. Tout le monde se tenait dans la cuisine et l'on discutait sans fin, imaginant des choses invraisemblables. On voulait peut-être les garder comme otages — mais dans quel but ? — ou les emmener prisonniers ? ou, plutôt, leur demander une rançon considérable ? À cette pensée une panique les affola. Les plus riches étaient les plus épouvantés, se voyant déjà contraints, pour racheter leur vie, de verser des sacs pleins d'or entre les mains de ce soldat insolent. Ils se creusaient la cervelle pour découvrir des mensonges acceptables, dissimuler leurs richesses, se faire passer pour pauvres, très pauvres. Loiseau enleva sa chaîne de montre et la cacha dans sa poche. La nuit qui tombait augmenta les appréhensions. La lampe fut allumée, et comme on avait encore deux heures avant le dîner, Mme Loiseau proposa une partie de trente et un[1]. Ce serait une distraction. On accepta. Cornudet lui-même, ayant éteint sa pipe par politesse, y prit part.

Le comte battit les cartes — donna — Boule de suif avait trente et un d'emblée ; et bientôt l'intérêt de la partie apaisa la crainte qui hantait les esprits. Mais Cornudet s'aperçut que le ménage Loiseau s'entendait pour tricher.

Comme on allait se mettre à table, M. Follenvie reparut ; et, de sa voix graillonnante, il prononça : « L'officier prussien fait demander à Mlle Élisabeth Rousset si elle n'a pas encore changé d'avis. »

Boule de suif resta debout, toute pâle ; puis, devenant subitement cramoisie, elle eut un tel étouffement de colère qu'elle ne pouvait plus parler. Enfin elle éclata : « Vous lui direz à cette crapule, à ce saligaud, à cette charogne de Prussien, que jamais je ne voudrai ; vous entendez bien, jamais, jamais, jamais. »

Le gros aubergiste sortit. Alors Boule de suif fut entourée, interrogée, sollicitée par tout le monde de dévoiler le mystère de sa visite. Elle résista d'abord ; mais l'exaspération l'emporta bientôt : — « Ce qu'il veut ?... ce qu'il veut ? Il veut coucher avec moi ! » cria-t-elle. Personne ne se choqua du mot, tant l'indignation fut vive. Cornudet brisa sa chope en la reposant violemment sur la table. C'était une clameur de réprobation contre ce soudard ignoble, un souffle de colère, une union de tous pour la résistance, comme si l'on eût demandé à chacun une partie du sacrifice exigé d'elle. Le comte déclara avec dégoût que ces gens-là se conduisaient à la façon des anciens barbares. Les femmes surtout témoignèrent à Boule de suif une commisération énergique et caressante. Les bonnes sœurs, qui ne se montraient qu'aux repas, avaient baissé la tête et ne disaient rien.

On dîna néanmoins lorsque la première fureur fut apaisée ; mais on parla peu, on songeait.

Les dames se retirèrent de bonne heure ; et les hommes, tout en fumant, organisèrent un écarté[1] auquel fut convié M. Follenvie qu'on avait l'intention d'interroger habilement sur les moyens à employer pour vaincre la résistance de l'officier. Mais il ne songeait qu'à ses cartes, sans rien écouter, sans rien répondre ; et il répétait sans cesse : — « Au jeu, messieurs, au jeu. » Son attention était si tendue qu'il en oubliait de cracher, ce qui lui mettait parfois des points d'orgue dans la poitrine. Ses poumons sifflants donnaient toute la gamme de l'asthme, depuis les notes graves et profondes jusqu'aux enrouements aigus des jeunes coqs essayant de chanter.

Il refusa même de monter, quand sa femme, qui tombait de sommeil, vint le chercher. Alors elle partit toute seule, car elle était « du matin », toujours levée avec le soleil, tandis que son homme était « du soir », toujours prêt à passer la nuit avec des amis. Il lui cria : — « Tu placeras mon lait de poule[1] devant le feu », et se remit à sa partie. Quand on vit bien qu'on n'en pourrait rien tirer on déclara qu'il était temps de s'en aller, et chacun gagna son lit.

On se leva encore d'assez bonne heure le lendemain, avec un espoir indéterminé, un désir plus grand de s'en aller, une terreur du jour à passer dans cette horrible petite auberge.

Hélas ! les chevaux restaient à l'écurie, le cocher demeurait invisible. On alla, par désœuvrement, tourner autour de la voiture.

Le déjeuner fut bien triste ; et il s'était produit comme un refroidissement vis-à-vis de Boule de suif, car la nuit, qui porte conseil, avait un peu modifié les jugements. On en voulait presque à cette fille, maintenant, de n'avoir pas été trouver secrètement le Prussien, afin de ménager, au réveil, une bonne surprise à ses compagnons. Quoi de plus simple ? Qui l'eût su, d'ailleurs ? Elle aurait pu sauver les apparences en faisant dire à l'officier qu'elle prenait en pitié leur détresse. Pour elle, ça avait si peu d'importance !

Mais personne n'avouait encore ces pensées.

Dans l'après-midi, comme on s'ennuyait à périr, le comte proposa de faire une promenade aux alentours du village. Chacun s'enveloppa avec soin et la petite société partit, à l'exception de Cornudet, qui préférait rester près du feu, et des bonnes sœurs, qui passaient leurs journées dans l'église ou chez le curé.

Le froid, plus intense de jour en jour, piquait cruellement le nez et les oreilles ; les pieds devenaient si douloureux que chaque pas était une souffrance ; et lorsque la campagne se découvrit, elle leur apparut si effroyablement lugubre sous cette blancheur illimitée que tout le monde aussitôt retourna, l'âme glacée et le cœur serré.

Les quatre femmes marchaient devant, les trois hommes suivaient, un peu derrière.

Loiseau, qui comprenait la situation, demanda tout à coup si cette « garce-là » allait les faire rester longtemps encore dans un pareil endroit. Le comte, toujours courtois, dit qu'on ne pouvait exiger d'une femme un sacrifice aussi pénible, et qu'il devait venir d'elle-même. M. Carré-Lamadon remarqua que si les Français faisaient, comme il en était question, un retour offensif par Dieppe, la rencontre ne pourrait avoir lieu qu'à Tôtes. Cette réflexion rendit les deux autres soucieux. — « Si l'on se sauvait à pied », — dit Loiseau. Le comte haussa les épaules : — « Y songez-vous, dans cette neige ? avec nos femmes ? Et puis nous serions tout de suite poursuivis, rattrapés en dix minutes, et ramenés prisonniers à la merci des soldats. » — C'était vrai ; on se tut.

Les dames parlaient toilette ; mais une certaine contrainte semblait les désunir.

Tout à coup, au bout de la rue, l'officier parut.

Sur la neige qui fermait l'horizon, il profilait sa grande taille de guêpe en uniforme, et marchait, les genoux écartés, de ce mouvement particulier aux militaires qui s'efforcent de ne point maculer leurs bottes soigneusement cirées.

Il s'inclina en passant près des dames, et regarda dédaigneusement les hommes qui eurent, du reste, la dignité de ne se point découvrir, bien que Loiseau ébauchât un geste pour retirer sa coiffure.

Boule de suif était devenue rouge jusqu'aux oreilles ; et les trois femmes mariées ressentaient une grande humiliation d'être ainsi rencontrées par ce soldat, dans la compagnie de cette fille qu'il avait si cavalièrement traitée.

Alors on parla de lui, de sa tournure, de son visage. Mme Carré-Lamadon, qui avait connu beaucoup d'officiers et qui les jugeait en connaisseur, trouvait celui-là pas mal du tout ; elle regrettait même qu'il ne fût pas Français, parce qu'il ferait un fort joli hussard dont toutes les femmes assurément raffoleraient.

Une fois rentrés, on ne sut plus que faire. Des paroles aigres furent même échangées à propos de choses insignifiantes. Le dîner, silencieux, dura peu, et chacun monta se coucher, espérant dormir pour tuer le temps.

On descendit le lendemain avec des visages fatigués et des cœurs exaspérés. Les femmes parlaient à peine à Boule de suif.

Une cloche tinta. C'était pour un baptême. La grosse fille avait un enfant élevé chez des paysans d'Yvetot. Elle ne le voyait pas une fois l'an, et n'y songeait jamais ; mais la pensée de celui qu'on allait baptiser lui jeta au cœur une tendresse subite et violente pour le sien, et elle voulut absolument assister à la cérémonie.

Aussitôt qu'elle fut partie, tout le monde se regarda, puis on rapprocha les chaises, car on sentait bien qu'à la fin il fallait décider quelque chose. Loiseau eut une inspiration : il était d'avis de proposer à l'officier de garder Boule de suif toute seule, et de laisser partir les autres.

M. Follenvie se chargea encore de la commission, mais il redescendit presque aussitôt. L'Allemand, qui connaissait la nature humaine, l'avait mis à la porte. Il prétendait retenir tout le monde tant que son désir ne serait pas satisfait.

Alors le tempérament populacier de Mme Loiseau éclata : — « Nous n'allons pourtant pas mourir de vieillesse ici. Puisque c'est son métier, à cette gueuse, de faire ça avec tous les hommes, je trouve qu'elle n'a pas le droit de refuser l'un plutôt que l'autre. Je vous demande un peu, ça a pris tout ce qu'elle a trouvé dans Rouen, même des cochers ! oui, madame, le cocher de la préfecture ! Je le sais bien, moi, il achète son vin à la maison. Et aujourd'hui qu'il s'agit de nous tirer d'embarras, elle fait la mijaurée, cette morveuse !… Moi, je trouve qu'il se conduit très bien, cet officier. Il est peut-être privé depuis longtemps ; et nous étions là trois qu'il aurait sans doute préférées. Mais non, il se contente de celle à tout le monde. Il respecte les femmes mariées. Songez donc, il est le maître. Il n'avait qu'à dire : "Je veux", et il pouvait nous prendre de force avec ses soldats. »

Les deux femmes eurent un petit frisson. Les yeux de la jolie Mme Carré-Lamadon brillaient, et elle était un peu pâle, comme si elle se sentait déjà prise de force par l'officier.

Les hommes, qui discutaient à l'écart, se rapprochèrent. Loiseau, furibond, voulait livrer « cette misérable » pieds et poings liés à l'ennemi. Mais le comte, issu de trois générations d'ambassadeurs, et doué d'un physique de diplomate, était partisan de l'habileté : « Il faudrait la décider », — dit-il.

Alors on conspira.

Les femmes se serrèrent, le ton de la voix fut baissé, et la discussion devint générale, chacun donnant son avis. C'était fort convenable du reste. Ces dames surtout trouvaient des délicatesses de tournures, des subtilités d'expression charmantes, pour dire les choses les plus scabreuses. Un étranger n'aurait rien compris tant les précautions du langage étaient observées. Mais la légère tranche de pudeur dont est bardée toute femme du monde ne recouvrant que la surface, elles s'épanouissaient dans cette aventure polissonne, s'amusaient follement au fond, se sentant dans leur élément, tripotant de l'amour avec la sensualité d'un cuisinier gourmand qui prépare le souper d'un autre.

La gaieté revenait d'elle-même, tant l'histoire leur semblait drôle à la fin. Le comte trouva des plaisanteries un peu risquées, mais si bien dites qu'elles faisaient sourire. À son tour Loiseau lâcha quelques grivoiseries plus raides dont on ne se blessa point ; et la pensée brutalement exprimée par sa femme dominait tous les esprits : « Puisque c'est son métier à cette fille, pourquoi refuserait-elle celui-là plus qu'un autre ? » La gentille Mme Carré-Lamadon semblait même penser qu'à sa place elle refuserait celui-là moins qu'un autre.

On prépara longuement le blocus, comme pour une forteresse investie. Chacun convint du rôle qu'il jouerait, des arguments dont il s'appuierait, des manœuvres qu'il devrait exécuter. On régla le plan des attaques, les ruses à employer, et les surprises de l'assaut, pour forcer cette citadelle vivante à recevoir l'ennemi dans la place.

Cornudet cependant restait à l'écart, complètement étranger à cette affaire.

Une attention si profonde tendait les esprits, qu'on n'entendit point rentrer Boule de suif. Mais le comte souffla un léger : « Chut » qui fit relever tous les yeux. Elle était là. On se tut brusquement et un certain embarras empêcha d'abord de lui parler. La comtesse, plus assouplie que les autres aux duplicités des salons, l'interrogea : — « Était-ce amusant, ce baptême ? »

La grosse fille, encore émue, raconta tout, et les figures, et les attitudes, et l'aspect même de l'église. Elle ajouta : — « C'est si bon de prier quelquefois. »

Cependant, jusqu'au déjeuner, ces dames se contentèrent d'être aimables avec elle, pour augmenter sa confiance et sa docilité à leurs conseils.

Aussitôt à table, on commença les approches. Ce fut d'abord une conversation vague sur le dévouement. On cita des exemples anciens[1] :

Judith et Holopherne, puis, sans aucune raison, Lucrèce avec Sextus, Cléopâtre faisant passer par sa couche tous les généraux ennemis, et les réduisant à des servilités d'esclave. Alors se déroula une histoire fantaisiste, éclose dans l'imagination de ces millionnaires ignorants, où les citoyennes de Rome allaient endormir à Capoue Annibal entre leurs bras et, avec lui, ses lieutenants, et les phalanges des mercenaires. On cita toutes les femmes qui ont arrêté des conquérants, fait de leur corps un champ de bataille, un moyen de dominer, une arme, qui ont vaincu par leurs caresses héroïques des êtres hideux ou détestés, et sacrifié leur chasteté à la vengeance et au dévouement.

On parla même en termes voilés de cette Anglaise de grande famille qui s'était laissé inoculer une horrible et contagieuse maladie pour la transmettre à Bonaparte sauvé miraculeusement, par une faiblesse subite, à l'heure du rendez-vous fatal.

Et tout cela était raconté d'une façon convenable et modérée, où parfois éclatait un enthousiasme voulu propre à exciter l'émulation.

On aurait pu croire, à la fin, que le seul rôle de la femme, ici-bas, était un perpétuel sacrifice de sa personne, un abandon continu aux caprices des soldatesques.

Les deux bonnes sœurs ne semblaient point entendre, perdues en des pensées profondes, Boule de suif ne disait rien.

Pendant toute l'après-midi on la laissa réfléchir. Mais au lieu de l'appeler « madame » comme on avait fait jusque-là, on lui disait simplement « mademoiselle », sans que personne sût bien pourquoi, comme si l'on avait voulu la faire descendre d'un degré dans l'estime qu'elle avait escaladée, lui faire sentir sa situation honteuse.

Au moment où l'on servit le potage, M. Follenvie reparut, répétant sa phrase de la veille : — « L'officier prussien fait demander à Mlle Élisabeth Rousset si elle n'a point encore changé d'avis. »

Boule de suif répondit sèchement : — « Non, monsieur. »

Mais au dîner la coalition faiblit. Loiseau eut trois phrases malheureuses. Chacun se battait les flancs pour découvrir des exemples nouveaux et ne trouvait rien, quand la comtesse, sans préméditation peut-être, éprouvant un vague besoin de rendre hommage à la Religion, interrogea la plus âgée des bonnes sœurs sur les grands faits de la vie des saints. Or, beaucoup avaient commis des actes qui seraient des crimes à nos yeux ; mais l'Église absout sans peine ces forfaits quand ils sont accomplis pour la gloire de Dieu, ou pour le bien du prochain. C'était un argument puissant ; la comtesse en profita. Alors, soit par une de ces ententes tacites, de ces complaisances voilées, où excelle quiconque porte un habit ecclésiastique, soit simplement par l'effet d'une inintelligence heureuse, d'une secourable bêtise, la vieille religieuse apporta à la conspiration un formidable appui. On la croyait timide, elle se montra hardie, verbeuse, violente. Celle-là n'était pas troublée par les tâtonnements de la casuistique ; sa doctrine semblait une barre de fer ; sa foi n'hésitait jamais ; sa conscience n'avait point de scrupules. Elle trouvait tout simple le sacrifice d'Abraham, car elle aurait immédiatement tué père et mère sur un ordre venu d'en haut ; et rien, à son avis, ne pouvait déplaire au Seigneur quand l'intention était louable. La comtesse, mettant à profit l'autorité sacrée de sa complice inattendue, lui fit faire comme une paraphrase édifiante de cet axiome de morale : « La fin justifie les moyens. »

Elle l'interrogeait.

— « Alors, ma sœur, vous pensez que Dieu accepte toutes les voies, et pardonne le fait quand le motif est pur ?

— Qui pourrait en douter, madame ? Une action blâmable en soi devient souvent méritoire par la pensée qui l'inspire. »

Et elles continuaient ainsi, démêlant les volontés de Dieu, prévoyant ses décisions, le faisant s'intéresser à des choses qui, vraiment, ne le regardaient guère.

Tout cela était enveloppé, habile, discret. Mais chaque parole de la sainte fille en cornette faisait brèche dans la résistance indignée de la courtisane. Puis, la conversation se détournant un peu, la femme aux chapelets pendants parla des maisons de son ordre, de sa supérieure, d'elle-même, et de sa mignonne voisine, la chère sœur Saint-Nicéphore. On les avait demandées au Havre pour soigner dans les hôpitaux des centaines de soldats atteints de la petite vérole. Elle les dépeignit, ces misérables, détailla leur maladie. Et tandis qu'elles étaient arrêtées en route par les caprices de ce Prussien, un grand nombre de Français pouvaient mourir qu'elles auraient sauvés peut-être ! C'était sa spécialité, à elle, de soigner les militaires ; elle avait été en Crimée, en Italie, en Autriche, et, racontant ses campagnes, elle se révéla tout à coup une de ces religieuses à tambours et à trompettes qui semblaient faites pour suivre les camps, ramasser des blessés dans les remous des batailles, et, mieux qu'un chef, dompter d'un mot les grands soudards indisciplinés ; une vraie bonne sœur Ran-tan-plan dont la figure ravagée, crevée de trous sans nombre, paraissait une image des dévastations de la guerre.

Personne ne dit rien après elle, tant l'effet semblait excellent.

Aussitôt le repas terminé, on remonta bien vite dans les chambres pour ne descendre, le lendemain, qu'assez tard dans la matinée.

Le déjeuner fut tranquille. On donnait à la graine semée la veille le temps de germer et de pousser ses fruits.

La comtesse proposa de faire une promenade dans l'après-midi ; alors le comte, comme il était convenu, prit le bras de Boule de suif, et demeura derrière les autres, avec elle.

Il lui parla de ce ton familier, paternel, un peu dédaigneux, que les hommes posés emploient avec les filles, l'appelant : « ma chère enfant », la traitant du haut de sa position sociale, de son honorabilité indiscutée. Il pénétra tout de suite au vif de la question :

— « Donc vous préférez nous laisser ici, exposés comme vous-même à toutes les violences qui suivraient un échec des troupes prussiennes, plutôt que de consentir à une de ces complaisances que vous avez eues si souvent en votre vie ? »

Boule de suif ne répondit rien.

Il la prit par la douceur, par le raisonnement, par les sentiments. Il sut rester « monsieur le comte », tout en se montrant galant quand il le fallut, complimenteur, aimable enfin. Il exalta le service qu'elle leur rendrait, parla de leur reconnaissance ; puis soudain, la tutoyant gaiement : — « Et tu sais, ma chère, il pourrait se vanter d'avoir goûté d'une jolie fille comme il n'en trouvera pas beaucoup dans son pays. »

Boule de suif ne répondit pas et rejoignit la société.

Aussitôt rentrée, elle monta chez elle et ne reparut plus. L'inquiétude était extrême. Qu'allait-elle faire ? Si elle résistait, quel embarras !

L'heure du dîner sonna ; on l'attendit en vain. M. Follenvie, entrant alors, annonça que Mlle Rousset se sentait indisposée, et qu'on pouvait se mettre à table. Tout le monde dressa l'oreille. Le comte s'approcha de l'aubergiste, et, tout bas : — « Ça y est ? » — « Oui. » — Par convenance, il ne dit rien à ses compagnons, mais il leur fit seulement un léger signe de la tête. Aussitôt un grand soupir de soulagement sortit de toutes les poitrines, une allégresse parut sur les visages. Loiseau cria : — « Saperlipopette ! je paye du champagne si l'on en trouve dans l'établissement » ; — et Mme Loiseau eut une angoisse lorsque le patron revint avec quatre bouteilles aux mains. Chacun était devenu subitement communicatif et bruyant ; une joie égrillarde emplissait les cœurs. Le comte parut s'apercevoir que Mme Carré-Lamadon était charmante, le manufacturier fit des compliments à la comtesse. La conversation fut vive, enjouée, pleine de traits.

Tout à coup, Loiseau, la face anxieuse et levant les bras, hurla : — « Silence ! » — Tout le monde se tut, surpris, presque effrayé déjà. Alors il tendit l'oreille en faisant « Chut » des deux mains, leva les yeux vers le plafond, écouta de nouveau, et reprit, de sa voix naturelle : — « Rassurez-vous, tout va bien. »

On hésitait à comprendre, mais bientôt un sourire passa.

Au bout d'un quart d'heure il recommença la même farce, la renouvela souvent dans la soirée ; et il faisait semblant d'interpeller quelqu'un à l'étage au-dessus, en lui donnant des conseils à double sens puisés dans son esprit de commis voyageur. Par moments il prenait un air triste pour soupirer : — « Pauvre fille » ; — ou bien il murmurait entre ses dents d'un air rageur : — « Gueux de Prussien, va ! » — Quelquefois, au moment où l'on n'y songeait plus, il poussait d'une voix vibrante plusieurs : — « Assez ! assez ! » — et ajoutait, comme se parlant à lui-même : — « Pourvu que nous la revoyions ; qu'il ne l'en fasse pas mourir, le misérable ! »

Bien que ces plaisanteries fussent d'un goût déplorable, elles amusaient et ne blessaient personne, car l'indignation dépend des milieux comme le reste, et l'atmosphère qui s'était peu à peu créée autour d'eux était chargée de pensées grivoises.

Au dessert, les femmes elles-mêmes firent des allusions spirituelles et discrètes. Les regards luisaient ; on avait bu beaucoup. Le comte, qui conservait même en ses écarts sa grande apparence de gravité, trouva une comparaison fort goûtée sur la fin des hivernages au pôle et la joie des naufragés qui voient s'ouvrir une route vers le sud.

Loiseau, lancé, se leva, un verre de champagne à la main : — « Je bois à notre délivrance ! » — Tout le monde fut debout ; on l'acclamait. Les deux bonnes sœurs, elles-mêmes, sollicitées par ces dames, consentirent à tremper leurs lèvres dans ce vin mousseux dont elles n'avaient jamais goûté. Elles déclarèrent que cela ressemblait à la limonade gazeuse, mais que c'était plus fin cependant. Loiseau résuma la situation.

— « C'est malheureux de ne pas avoir de piano parce qu'on pourrait pincer un quadrille[1]. »

Cornudet n'avait pas dit un mot, pas fait un geste ; il paraissait même plongé dans des pensées très graves, et tirait parfois, d'un geste furieux, sa grande barbe qu'il semblait vouloir allonger encore. Enfin, vers minuit, comme on allait se séparer, Loiseau qui titubait, lui tapa soudain sur le ventre et lui dit en bredouillant : — « Vous n'êtes pas farce, vous, ce soir ; vous ne dites rien, citoyen ? » — Mais Cornudet releva brusquement la tête, et parcourant la société d'un regard luisant et terrible : — « Je vous dis à tous que vous venez de faire une infamie ! » — Il se leva, gagna la porte, répéta encore une fois : « Une infamie ! » et disparut.

Cela jeta un froid d'abord. Loiseau interloqué restait bête ; mais il reprit son aplomb, puis, tout à coup, se tordit en répétant : — « Ils sont trop verts mon vieux, ils sont trop verts. » — Comme on ne comprenait pas, il raconta les « mystères du corridor ». Alors il y eut une reprise de gaieté formidable. Ces dames s'amusaient comme des folles. Le comte et M. Carré-Lamadon pleuraient à force de rire. Ils ne pouvaient croire.

— « Comment ! Vous êtes sûr ? Il voulait...

— Je vous dis que je l'ai vu.

— Et, elle a refusé...

— Parce que le Prussien était dans la chambre à côté.

— Pas possible ?

— Je vous le jure. »

Le comte étouffait. L'industriel se comprimait le ventre à deux mains. Loiseau continuait :

— « Et, vous comprenez, ce soir, il ne la trouve pas drôle, mais pas du tout. »

Et tous les trois repartaient, malades, essoufflés.

On se sépara là-dessus. Mais Mme Loiseau, qui était de la nature des orties, fit remarquer à son mari, au moment où ils se couchaient, que « cette chipie » de petite Carré-Lamadon avait ri jaune toute la soirée : — « Tu sais, les femmes, quand ça en tient pour l'uniforme, qu'il soit Français ou bien Prussien ça leur est, ma foi, bien égal. Si ce n'est pas une pitié, Seigneur Dieu ! »

Et toute la nuit, dans l'obscurité du corridor coururent comme des frémissements, des bruits légers à peine sensibles, pareils à des souffles, des effleurements de pieds nus, d'imperceptibles craquements. Et l'on ne dormit que très tard, assurément, car des filets de lumière glissèrent longtemps sous les portes. Le champagne a de ces effets-là ; il trouble, dit-on, le sommeil.

Le lendemain, un clair soleil d'hiver rendait la neige éblouissante. La diligence, attelée enfin, attendait devant la porte, tandis qu'une armée de pigeons blancs, rengorgés dans leurs plumes épaisses, avec un œil rose, taché, au milieu, d'un point noir, se promenaient gravement entre les jambes des six chevaux, et cherchaient leur vie dans le crottin fumant qu'ils éparpillaient.

Le cocher, enveloppé dans sa peau de mouton, grillait une pipe sur le siège, et tous les voyageurs radieux faisaient rapidement empaqueter des provisions pour le reste du voyage.

On n'attendait plus que Boule de suif. Elle parut.

Elle semblait un peu troublée, honteuse ; et elle s'avança timidement vers ses compagnons, qui, tous, d'un même mouvement, se détournèrent comme s'ils ne l'avaient pas aperçue. Le comte prit avec dignité le bras de sa femme et l'éloigna de ce contact impur.

La grosse fille s'arrêta, stupéfaite ; alors, ramassant tout son courage, elle aborda la femme du manufacturier d'un « bonjour, madame » humblement murmuré. L'autre fit de la tête seule un petit salut impertinent qu'elle accompagna d'un regard de vertu outragée. Tout le monde semblait affairé, et l'on se tenait loin d'elle comme si elle eût apporté une infection dans ses jupes. Puis on se précipita vers la voiture où elle arriva seule, la dernière, et reprit en silence la place qu'elle avait occupée pendant la première partie de la route.

On semblait ne pas la voir, ne pas la connaître ; mais Mme Loiseau, la considérant de loin avec indignation, dit à mi-voix à son mari : — « Heureusement que je ne suis pas à côté d'elle. »

La lourde voiture s'ébranla, et le voyage recommença.

On ne parla point d'abord. Boule de suif n'osait pas lever les yeux. Elle se sentait en même temps indignée contre tous ses voisins, et humiliée d'avoir cédé, souillée par les baisers de ce Prussien entre les bras duquel on l'avait hypocritement jetée.

Mais la comtesse, se tournant vers Mme Carré-Lamadon, rompit bientôt ce pénible silence.

— « Vous connaissez, je crois, Mme d'Étrelles ?

— Oui, c'est une de mes amies.

— Quelle charmante femme !

— Ravissante ! Une vraie nature d'élite, fort instruite d'ailleurs, et artiste jusqu'au bout des doigts ; elle chante à ravir et dessine dans la perfection. »

Le manufacturier causait avec le comte, et au milieu du fracas des vitres un mot parfois jaillissait : « Coupon — échéance — prime — à terme. »

Loiseau, qui avait chipé le vieux jeu de cartes de l'auberge engraissé par cinq ans de frottement sur les tables mal essuyées, attaqua un bésigue[1] avec sa femme.

Les bonnes sœurs prirent à leur ceinture le long rosaire qui pendait, firent ensemble le signe de la croix, et tout à coup leurs lèvres se mirent à remuer vivement se hâtant de plus en plus, précipitant leur vague murmure comme pour une course d'*oremus* ; et de temps en temps elles baisaient une médaille, se signaient de nouveau, puis recommençaient leur marmottement rapide et continu.

Cornudet songeait, immobile.

Au bout de trois heures de route, Loiseau ramassa ses cartes : — « Il fait faim », dit-il.

Alors sa femme atteignit un paquet ficelé d'où elle fit sortir un morceau de veau froid. Elle le découpa proprement par tranches minces et fermes, et tous deux se mirent à manger.

— « Si nous en faisions autant », — dit la comtesse. On y consentit et elle déballa les provisions préparées pour les deux ménages. C'était, dans un de ces vases allongés dont le couvercle porte un lièvre en faïence, pour indiquer qu'un lièvre en pâté gît au-dessous, une charcuterie succulente, où de blanches rivières de lard traversaient la chair brune du gibier, mêlée à d'autres viandes hachées fin. Un beau carré de gruyère, apporté dans un journal, gardait imprimé : « faits divers » sur sa pâte onctueuse.

Les deux bonnes sœurs développèrent un rond de saucisson qui sentait l'ail ; et Cornudet, plongeant les deux mains en même temps dans les vastes poches de son paletot sac, tira de l'une quatre œufs durs et de l'autre le croûton d'un pain. Il détacha la coque, la jeta sous ses pieds dans la paille et se mit à mordre à même les œufs, faisant tomber sur sa vaste barbe des parcelles de jaune clair qui semblaient, là-dedans, des étoiles.

Boule de suif, dans la hâte et l'effarement de son lever, n'avait pu songer à rien ; et elle regardait, exaspérée, suffoquant de rage, tous ces gens qui mangeaient placidement. Une colère tumultueuse la crispa d'abord, et elle ouvrit la bouche pour leur crier leur fait avec un flot d'injures qui lui montait aux lèvres ; mais elle ne pouvait pas parler tant l'exaspération l'étranglait.

Personne ne la regardait, ne songeait à elle. Elle se sentait noyée dans le mépris de ces gredins honnêtes qui l'avaient sacrifiée d'abord, rejetée ensuite, comme une chose malpropre et inutile. Alors elle songea à son grand panier tout plein de bonnes choses qu'ils avaient goulûment dévorées, à ses deux poulets luisants de gelée, à ses pâtés, à ses poires, à ses quatre bouteilles de bordeaux ; et sa fureur tombant soudain, comme une corde trop tendue qui casse, elle se sentit prête à pleurer. Elle fit des efforts terribles, se raidit, avala ses sanglots comme les enfants, mais les pleurs montaient, luisaient au bord de ses paupières, et bientôt deux grosses larmes se détachant des yeux roulèrent lentement sur ses joues. D'autres les suivirent plus rapides, coulant comme les gouttes d'eau qui filtrent d'une roche, et tombant régulièrement sur la courbe rebondie de sa poitrine. Elle restait droite, le regard fixe, la face rigide et pâle, espérant qu'on ne la verrait pas.

Mais la comtesse s'en aperçut et prévint son mari d'un signe. Il haussa les épaules comme pour dire : « Que voulez-vous, ce n'est pas ma faute. » Mme Loiseau eut un rire muet de triomphe et murmura : — « Elle pleure sa honte. »

Les deux bonnes sœurs s'étaient remises à prier, après avoir roulé dans un papier le reste de leur saucisson.

Alors Cornudet, qui digérait ses œufs, étendit ses longues jambes sous la banquette d'en face, se renversa, croisa ses bras, sourit comme un homme qui vient de trouver une bonne farce, et se mit à siffloter la *Marseillaise*[1].

Toutes les figures se rembrunirent. Le chant populaire, assurément, ne plaisait point à ses voisins. Ils devinrent nerveux, agacés, et avaient l'air prêts à hurler comme des chiens qui entendent un orgue de Barbarie. Il s'en aperçut, ne s'arrêta plus. Parfois même il fredonnait les paroles :

Amour sacré de la patrie,
Conduis, soutiens, nos bras vengeurs.
Liberté, liberté chérie,
Combats avec tes défenseurs !

On fuyait plus vite, la neige étant plus dure ; et jusqu'à Dieppe, pendant les longues heures mornes du voyage, à travers les cahots du chemin, par la nuit tombante, puis dans l'obscurité profonde de la voiture, il continua, avec une obstination féroce, son sifflement vengeur et monotone, contraignant les esprits las et exaspérés à suivre le chant d'un bout à l'autre, à se rappeler chaque parole qu'ils appliquaient sur chaque mesure.

Et Boule de suif pleurait toujours ; et parfois un sanglot qu'elle n'avait pu retenir passait, entre deux couplets, dans les ténèbres.

DOSSIER

CHRONOLOGIE

(1850-1893)

1850. *5 août.* **Naissance de Guy de Maupassant**, au château de Miromesnil (Seine-Maritime). Maupassant est fils de Gustave de Maupassant (1821-1900) et de Laure Le Poittevin (1821-1903). De cette union naît un autre garçon, Hervé, qui mourra fou (1856-1889). Le ménage Maupassant n'est pas très uni : une séparation à l'amiable est prononcée en 1863. Il n'y a pas lieu de s'arrêter à l'hypothèse, avancée par certains, selon laquelle Flaubert serait le père de Guy ; la seule vérité est que le frère aîné de Laure fut le grand ami de jeunesse de Gustave.

1851. *2 décembre.* Coup d'État de Louis-Napoléon, futur Napoléon III en 1852.

1857. Publication de *Madame Bovary* de Flaubert, et des *Fleurs du mal* de Baudelaire. L'année suivante : traduction française des *Récits d'un chasseur* de Tourgueniev.

1859-1860. Guy est élève au lycée impérial Napoléon, à Paris (actuel lycée Henri-IV).

1863. Pensionnaire à l'Institution ecclésiastique d'Yvetot. Il y reste jusqu'en 1868. Discipline et claustration lui pèsent. Premiers essais poétiques. « Salon des Refusés » (Manet, Pissarro, Cézanne, etc.).

1864. Maupassant passe ses vacances dans la villa des Verguies, propriété de sa mère à Étretat. Il rencontre Swinburne (1866).

1868. Maupassant entre comme interne au lycée de Rouen. Il y fera ses classes de rhétorique et philosophie. Son correspondant est Louis Bouillet, poète, ami de Flaubert.

1869. *27 juillet*. Maupassant est reçu bachelier ès lettres.
Octobre. Il s'inscrit à la Faculté de droit de Paris.
Novembre. Flaubert : *L'Éducation sentimentale*.

1870. *Juillet*. Guerre franco-prussienne. Maupassant est appelé et versé dans l'Intendance ; il est affecté à Rouen.
Septembre. Défaite de Sedan ; déchéance de l'Empire, proclamation de la République ; siège de Paris. Maupassant est muté de Rouen dans la capitale.

1871. *Mars-mai*. La Commune de Paris.
Septembre. Maupassant se fait remplacer et quitte l'armée.
Octobre. Zola publie *La Fortune des Rougon*, premier volume de la série des *Rougon-Macquart*.
Maupassant, qui poursuit théoriquement ses études, cherche en fait du travail. Par ailleurs, il écrit et soumet ses essais à Flaubert. Il se livre aux plaisirs du canotage... et autres.

1872. *Octobre*. Il est nommé surnuméraire au ministère de la Marine.

1873. *Février*. Maupassant est payé 125 francs par mois (il deviendra titulaire un an plus tard).
Les pouvoirs de Mac-Mahon sont prorogés pour sept ans ; l'« Ordre moral » va régner.
Dans les lettres : en poésie, de jeunes inconnus publient sans grande audience (Tristan Corbière, Charles Cros, Arthur Rimbaud) ; gros succès, en revanche : *Le Ventre de Paris*.
Pour la première fois, avec *Le Bon Bock*, Manet n'effarouche pas le public.

1874. Par l'intermédiaire de Flaubert (qui publie *La Tentation de saint Antoine*), Maupassant entre en relation avec Goncourt, Zola et quelques-uns de ceux qui deviendront les « naturalistes ».
Première exposition des « impressionnistes ».

1875. Publication de « La Main d'écorché », premier conte de Maupassant (sous le pseudonyme de

Joseph Prunier). Il travaille à une pièce de théâtre (*La Comtesse de Rhune*) et compose, avec quelques camarades, une pièce fort libre, *À la feuille de rose. Maison turque*, qu'il représente en privé devant un auditoire qui compte Flaubert et Tourgueniev.

Grande époque des promenades en banlieue et des randonnées au bord de la Seine (Bezons, Bougival, Chatou, Croissy, « La Grenouillère »).

1876. Maupassant écrit *Une répétition* (pièce en un acte ; jouée en 1904 seulement).

Sous le pseudonyme de Guy de Valmont, il publie des poèmes dans *La République des lettres*. Articles dans le quotidien *La Nation*.

Outre Maupassant, l'équipe du futur « groupe de Médan » est désormais constituée (Zola, Huysmans, Alexis, Hennique, Céard) ; il faut y ajouter Mendès et Mirbeau.

1877. Crise politique (*mai*) ; dissolution de la Chambre ; les élections d'octobre amènent une majorité républicaine.

Avril. Dîner chez Trapp, autour de Flaubert, Goncourt et Zola, organisé par le jeune groupe de Médan.

Été. Maupassant fait une cure dans le Valais, à Loèche.

Publication de *La Fille Élisa* de Goncourt et de *L'Assommoir* de Zola.

1878. Maupassant démissionne du ministère de la Marine et passe à celui de l'Instruction publique.

1879. *Février*. Représentation d'*Histoire du vieux temps*, au Troisième Théâtre français (théâtre Déjazet).

Maupassant publie, dans *La Réforme* et dans le recueil de l'éditeur Tresse, *Saynètes et monologues*.

À l'*automne*, voyage en Bretagne et à Jersey.

Novembre. La reprise, par la *Revue moderne et naturaliste*, d'un poème paru en 1876 déclenche, quelques semaines plus tard, une information du parquet d'Étampes pour outrage à la morale publique.

Maupassant travaille à « Boule de suif ».

Décembre. Il est nommé officier d'académie.

1880. *Février*. Non-lieu dans l'affaire d'Étampes.
Mars. Troubles oculaires ; ils s'aggraveront d'année en année et s'accompagneront de violentes migraines.
***Avril*. Publication des *Soirées de Médan* (qui contient « Boule de suif »)** ; succès considérable : Maupassant est brusquement célèbre. Le même mois, son recueil *Des vers* paraît chez Charpentier.
8 mai. Mort de Flaubert.
Juin. Sollicite un congé ; en fait, il ne reprendra jamais son emploi au ministère et vivra de sa plume. Il va, notamment, collaborer au *Gaulois*. C'est, avec *Gil Blas*, le quotidien dans lequel se retrouve la majorité de ses contes et chroniques (parfois sous des pseudonymes : Chaudrons du Diable ou Maufrigneuse). Au total, plus de trois cents contes et environ deux cents chroniques.
Juillet. Loi d'amnistie pour les condamnés de la Commune.
Le 14 juillet devient fête nationale.
Septembre. Maupassant est en Corse. À son retour, en *octobre*, il est sollicité de participer au lancement d'une revue, *La Comédie humaine*, qui ne verra jamais le jour.
Cette année paraissent : *Le Roman expérimental* de Zola, et les *Pensées, maximes et fragments* de Schopenhauer (traduits par J. Bourdeau).

1881. Maupassant collabore à *La Nouvelle Revue* et à la *Revue bleue*.
Mai. Publication du recueil *La Maison Tellier*.
Soulèvements en Afrique du Nord ; en *juillet*, Maupassant part pour l'Algérie. Il y effectue une sorte de reportage pour le compte du *Figaro*.
Décembre. Début de la collaboration de Maupassant à *Gil Blas*.

1882. Krach de l'Union générale ; lois sur l'instruction obligatoire ; fondation de la Ligue des Patriotes par Déroulède.
Huysmans publie *À vau-l'eau*.

Avril. Maupassant séjourne dans le Midi (Menton, Saint-Raphaël).
Mai. *Mademoiselle Fifi*, recueil de contes.
M. quitte définitivement le ministère.

1883. Expédition du Tonkin.
Mort de Manet et de Tourgueniev. Publication des *Contes cruels* de Villiers de l'Isle-Adam et d'*Ainsi parlait Zarathoustra* de Nietzsche.
Maupassant publie : *Une vie*, roman, et les *Contes de la Bécasse*, recueil ; nouvelle édition de *Mademoiselle Fifi*.
M. achète un terrain à Étretat. Il y fera bâtir une villa, La Guillette.
Novembre. François Tassart entre, comme valet de chambre, au service de Maupassant. Il sera le témoin minutieux, mais discuté, des dix dernières années de la vie de l'écrivain.
Décembre. Séjour à Cannes, qui se renouvellera, assez régulièrement, durant les années suivantes.

1884. Une des années les plus fécondes en publications, contes et chroniques dans *Gil Blas* et *Le Gaulois*.
Recueils : *Miss Harriet, Les Sœurs Rondoli, Clair de lune, Yvette*. Notes de voyage : *Au soleil*.
Préface aux lettres de G. Flaubert à G. Sand.
Il travaille à *Bel-Ami*.
J.-K. Huysmans publie *À Rebours*.

1885. Chute du ministère Jules Ferry.
Mort de Victor Hugo.
Zola publie *Germinal* et Laforgue *Les Complaintes*.
Avril-mai. Voyage en Italie et en Sicile.
Maupassant achète un bateau qu'il baptise le *Bel-Ami*, d'après le titre du roman qu'il publie, en *mai*, chez l'éditeur Havard.
Juillet-août. Maupassant à Châtelguyon.
Automne. Séjour à Étretat.
Nouvelle édition des *Contes du jour et de la nuit* ; publication de *Toine* au tout début de l'année 1886.

1886. Plusieurs événements littéraires ou artistiques importants : dernière exposition des impression-

nistes ; publication du *Manifeste* de Moréas sur le symbolisme, des *Illuminations* de Rimbaud, de *Par-delà le bien et le mal* de Nietzsche, de *L'Œuvre* de Zola, de *La France juive* de Drumont.
Maupassant publie deux recueils : *La Petite Roque* et *Monsieur Parent*.
Mai. Sous le nom transparent de Beaufrilan, Jean Lorrain offre, dans son roman *Très Russe*, un portrait peu flatté de Maupassant : « C'est l'étalon modèle littéraire et plastique du grand haras Flaubert, Zola et Cie ; il roucoule et paonne », etc. Un duel manque de peu de s'ensuivre.
Juillet-octobre. Séjours à Châtelguyon, Étretat, Antibes.

1887. Crise boulangiste. Affaire Wilson ; démission de Jules Grévy.
Janvier. Mont-Oriol, roman.
Maupassant fréquente la haute société et se lie avec un certain nombre de jeunes femmes (H. Lecomte du Noüy — depuis plusieurs années ; la comtesse Potocka ; Marie Kann).
Mai. Le Horla, recueil.
Juillet. Voyage en ballon de Paris en Hollande
Août. Manifeste des Cinq contre *La Terre* de Zola ; il marque la fin de l'« école » naturaliste.
Décembre. M. publie *Pierre et Jean* dans la *Nouvelle Revue*. Divers séjours, cette année-là : Antibes, Chatou, Étretat.
Hervé, frère de Guy, est interné une première fois.

1888. *Janvier*. Publication de *Pierre et Jean*, précédé d'une importante préface sur « Le Roman ».
Publication de *Sur l'eau*, récits de voyages ; *Le Rosier de Madame Husson*, recueil de contes.

1889. Année de l'Exposition universelle : « Je ne suis pas créé pour ces plaisirs-là », écrit Maupassant. Et il fuit la toute jeune tour Eiffel.
Séjours à Cannes, Étretat et en Italie.
Mars. La Main gauche, contes.
Mai. Fort comme la mort, roman.

Août. Internement et mort de son frère, Hervé.
Une nouvelle génération littéraire se lève : Barrès (qui a commencé à publier la série du *Culte du moi*) ; Claudel (*Tête d'Or*) ; Jarry a déjà écrit le premier état d'*Ubu roi* et *Ubu cocu*.

1890. La production littéraire de Maupassant diminue.
Publie cependant : *Notre cœur*, roman ; *La Vie errante*, voyages ; *L'Inutile Beauté*, contes.
Très nombreux séjours et déplacements : on croirait que Maupassant tente de se fuir lui-même.

1891. Jules Huret publie son *Enquête sur l'évolution littéraire* ; on y trouve le célèbre télégramme de Paul Alexis : « Naturalisme pas mort. Lettre suit. »
Maupassant travaille à un roman qui restera inachevé : *L'Angélus*.
Mars. Première, au Gymnase, de *Musotte*, drame en trois actes.
Juin-août. Luchon ; cures à Divonne et Champel (Suisse).
Décembre. Maupassant rédige son testament.

1892. *1er janvier*. Tentative de suicide.
7 janvier. Il est conduit à la maison de santé du Dr Blanche à Passy. Une agonie d'un an commence. Maupassant est syphilitique ; petit à petit, il est gagné par le délire et la paralysie générale.

1893. *6 mars*. *La Paix du ménage*, pièce en deux actes, est créée à la Comédie-Française.
***6 juillet*. Mort de Maupassant**. Il est enterré le 8 au cimetière du Montparnasse.

BIBLIOGRAPHIE

ÉDITIONS

[MAUPASSANT, « Boule de suif », dans :] *Les Soirées de Médan*, Charpentier, 1880.

Les Soirées de Médan, introduction, notes et dossier par Colette Becker, Le Livre à venir, 1981.

MAUPASSANT, *Contes et nouvelles*, préface par Armand Lanoux ; introduction, chronologie, avertissement, notices, notes et variantes par Louis Forestier, Gallimard, Bibliothèque de la Pléiade, 2 vol., 1974 et 1979 ; tirage revu : 2013.

MAUPASSANT, *Boule de suif et autres contes normands*, édition de Marie-Claire Bancquart, Garnier, 1971.

MAUPASSANT, *Chroniques*, U.G.E., coll. « 10/18 », 1980, 3 vol. ; nouveau tirage : 1993.

MAUPASSANT, *Correspondance*, édition établie par Jacques Suffel, Évreux, Le Cercle du bibliophile, 3 vol., 1973.

GUSTAVE FLAUBERT - GUY DE MAUPASSANT, *Correspondance*, texte établi, préfacé et annoté par Yvan Leclerc, Flammarion, 1993.

MAUPASSANT, *Des vers et autres poèmes*, préface de Louis Forestier, textes établis, présentés et annotés par Emmanuel Vincent, Publications de l'Université de Rouen, 2001.

MAUPASSANT, *Théâtre*, texte établi et annoté par Noëlle Benhamou, Éditions du Sandre, 2012.

TRAVAUX CRITIQUES

Album Maupassant, iconographie choisie et commentée par Jacques Réda, Gallimard, 1987.

ANOLL, Lidia, « Une critique sociale sous une structure parfaite : *Boule de suif* », *Anuari de Filologia / Filologia romanica, 14, 1991.*

ARTINIAN, Robert W., *La Technique descriptive chez Guy de Maupassant*, St. Pieters-Kapelle, Belgique, Lettera Amorosa, 1973.

BANCQUART, Marie-Claire, « Maupassant, la guerre, la politique », *Le Magazine littéraire*, janvier 1980.

BEM, Jeanne, « Le "travail" du texte dans *Boule de suif* », *Texte*, n° 10, 1990 [1991].

BENHAMOU, Noëlle, *Filles, prostituées et courtisanes dans l'œuvre de Maupassant*, Lille, Presses universitaires du Septentrion, 1996.

BENHAMOU, Noëlle, LECLERC, Yvan, et VINCENT, Emmanuel, dir., *Bibliographie Maupassant*, Rome, Memini, Bibliographie des écrivains français, 31, 2 vol., 2008.

BESNARD-COURSODON, Micheline, *Étude thématique et structurale de l'œuvre de Maupassant : le piège*, Nizet, 1973.

BOLSTER, Richard, « "Boule de suif" : une source documentaire ? », *Revue d'histoire littéraire de la France*, novembre-décembre 1984.

BONNEFIS, Philippe, *Parfums. Son nom de* Bel-Ami, Galilée, 1995.

BOTTEREL, Catherine, « L'inversion des sexes dans quelques textes de Maupassant », *Amis de Flaubert et de Maupassant*, n° 5, 1997.

BOURLIOUX, Nicole, « Le paysage de la guerre de 1870 », *Études normandes*, n° 2, 1990.

BOURREAU, Alain, « "Boule de suif" ou la république des ogres », *L'École des lettres*, n° 13, 1er juin 1993.

BROCHIER, Jean-Jacques, *Maupassant. Une journée particulière*, J.-C. Lattès, 1993.

Bulletin Flaubert-Maupassant, publié par les Amis de Flaubert et Maupassant, Hôtel des Sociétés savantes, 190 rue Beauvoisine, 76000 Rouen [depuis 1993].

BURY, Mariane, *La Poétique de Maupassant*, SEDES, 1994.

COGNY, Pierre, *Maupassant l'homme sans dieu*, Bruxelles, La Renaissance du Livre, 1968.

CORBIN, Alain, *Les Filles de noce*, Flammarion, 1982.

DANGER, Pierre, *Pulsion et désir dans les romans et nouvelles de Guy de Maupassant*, Nizet, 1993.

DEFOIX, Jean, « L'assomption d'Élisabeth Rousset, dite "Boule de suif" », *Mythes et mythologies*, Université de Nantes, 1992.

DELAISEMENT, Gérard, *Guy de Maupassant, le témoin, l'homme, le critique*, C.R.D.P. d'Orléans-Tours, 1984.

DIGEON, Claude, *La Crise allemande de la pensée française (1870-1914)*, PUF, 1959.

DEMONT, Bernard, *Représentations spatiales et narration dans les contes et nouvelles de Guy de Maupassant. Une rhétorique de l'espace géographique*, Champion, 2005.

DONALDSON-EVANS, Mary, « Du mythe au fait divers : la genèse anti-zolienne de "Boule de suif" », dans Hommage à Louis Forestier, *Plaisance*, n° 8, Rome, 2006.

—, *A Woman's Revenge : a Chronology of Dispossession in Maupassant's Fiction*, French Forum, Lexington, 1986.

FAUVEL, Daniel, « "Boule de suif" le cadre historique », *Maupassant 2000*, Rouen, Amis de Flaubert et de Maupassant, 2001.

FONYI, Antonia, « La nouvelle de Maupassant : le matériau de la psychose et l'armature du genre », voir *Maupassant. Miroir de la nouvelle*.

FORESTIER, Louis, *Boule de suif et la Maison Tellier*, essai, Gallimard, coll. « Foliothèque », 1995.

FRÉBOURG, Olivier, *Maupassant le clandestin*, Mercure de France, 2000.

GOULD, Michael, « La composition temporelle de "Boule de suif" », *Revue du Pacifique*, printemps 1978.

GRANDADAM, Emmanuèle, *Contes et nouvelles de Maupassant : pour une poétique du recueil*, Publications des Universités de Rouen et du Havre, 2008.

Imaginer Maupassant, n° spécial de la *Revue des sciences humaines*, 1994-3.

JOHNSTON, Marlo, *Guy de Maupassant*, biographie, Fayard, 2012.

JOLY, Bernard, « La première phrase dans les *Contes et nouvelles* de Maupassant », *Les Cahiers naturalistes*, n° 57, 1983.

KOWZAN, Tadeusz, « Fortune théâtrale de *Boule de suif* », dans *Flaubert et Maupassant écrivains normands*, P.U.F., 1981.

LANOUX, Armand, *Maupassant le Bel-Ami*, Fayard, 1967 ; nouvelle édition, Le Livre de poche, 1983.

LONGHI, Maria Giulia, *Introduzione a Maupassant*, Rome, editori Laterza, 1994.

MABILLE, Marianne, « "Boule de suif", la société et la guerre de 1870 en Normandie », *L'École des lettres*, n° 13, 1er juin 1993.

Maupassant à l'écran, n° spécial de *CinémAction*, avril 1993.

Maupassant conteur et romancier, éd. de Christopher Lloyd and Robert Lethbrigde, University of Durham, 1994.

Maupassant et l'écriture, actes du colloque de Fécamp, sous la direction de Louis Forestier, Nathan, 1993.

Maupassant. Miroir de la nouvelle, actes du colloque de Cerisy, textes réunis par Jacques Lecarme et Bruno Vercier, Presses universitaires de Vincennes, 1988.

Maupassantiana, site électronique (www.maupassantiana.fr) créé et mis à jour par Noëlle Benhamou.

Le Naturalisme, colloque de Cerisy, U.G.E., coll. « 10/18 », 1978.

NINANE DE MARTINOIR, Francine, « Étude de texte. Maupassant : "Boule de suif" », *L'École des lettres*, 15 janvier 1980.

OMS, Marcel, « Le *Boule de suif* de Christian-Jaque », voir *Maupassant à l'écran*.

PETRONE, Mario, « L'invention comique dans *Les Soirées de Médan*. L'Exemple de "Boule de suif" », RITM, hors-série n° 7, 2002.

PLACE-VERGHNES, Floriane, *Jeux pragmatiques dans les* Contes et nouvelles *de Guy de Maupassant*, Champion, 2005.

PRÉDAL, René, « *Boule de suif* en Russie (Mikhaïl Romm) », voir *Maupassant à l'écran*.
PRIVAT, Jean-Marie, « "Boule de suif", ou l'autre Cène », RITM, n° 39, 2008.
—, « Le carnaval de *Boule de suif* », dans *Problèmes de l'écriture populaire au XIXe siècle*, Presses universitaires de Limoges, 1997.
SALEM, Jean, *Philosophie de Maupassant*, Ellipses, 2001.
SAVINIO, Alberto, *Maupassant et « l'Autre »*, Gallimard, 1977.
SCHMIDT, Albert-Marie, *Maupassant*, Le Seuil, 1962.
SERCEAU, Michel, « *Boule de suif* et *La Chevauchée fantastique* », voir *Maupassant à l'écran*.
THOREL-CAILLETEAU, Sylvie, « Un malentendu [à propos de "Boule de suif"] », *Cahiers Ivan Tourguéniev*, n° 17-18, 1993-1994.
VIAL, André, « Maupassant et la Vénus vénale », dans *Faits et significations*, Nizet, 1973.
—, *Guy de Maupassant et l'Art du roman*, Nizet, 1954.
WILLI, Kurt, *Déterminisme et liberté chez Guy de Maupassant*, Zurich, Juris-Verlag, 1972.

FILMOGRAPHIE

1934. *Boule de suif*, film muet de Mikhaïl Romm (U.R.S.S.).
1939. *La Chevauchée fantastique* (*Stagecoach*), film de John Ford, avec Claire Trevor (États-Unis).
1946. *Boule de suif*, film de Christian-Jaque, avec Micheline Presle, qui s'inspire également de *Mademoiselle Fifi* (France).
2011. *Boule de suif*, téléfilm de Philippe Bérenger, avec Marilou Berry, dans le cadre de la série « Chez Maupassant » de France 2 (France).

NOTES

Page 18.

1. On surnommait *moblots* les soldats de garde de ligne, formation réorganisée en 1868, peu disciplinée et mal entraînée. Les *culottes rouges* désignent l'infanterie, dont le célèbre pantalon garance subsista jusqu'en 1914 ; les artilleurs étaient vêtus de gris et les dragons portaient un casque à crinière. Les *francs-tireurs*, aux noms à consonance révolutionnaire, constituaient des unités en marge de l'armée régulière. La *Garde nationale* était recrutée, dans les agglomérations, parmi les hommes de vingt-cinq à cinquante ans ; son efficacité était limitée ! — Après s'être préparée à soutenir un siège, Rouen fut abandonnée sans combat. Les Prussiens y entrèrent le 5 décembre 1870.

2. *Saint-Sever* est un faubourg de Rouen, sur la rive gauche ; *Bourg-Achard* est un petit village, à mi-chemin de Rouen à *Pont-Audemer*.

Page 19.

1. *Sainte-Catherine, Darnétal, Bois-Guillaume* : trois faubourgs de Rouen, sur la rive droite, par lesquels, effectivement, les Prussiens entrèrent simultanément dans la ville.

Page 22.

1. *Croisset, Dieppedalle, Biessart* : localités riveraines, en aval et au sortir de Rouen. Flaubert demeurait dans la première.

2. L'armée française conserva la poche du *Havre* jusqu'après l'armistice.

Page 23.

1. *Hôtel de Normandie* : cet hôtel de Rouen est aussi celui où Homais offre à déjeuner à Léon, dans *Madame Bovary* (IIIe partie, chap. VI).

Page 25.

1. *Une pluie de coton* : la comparaison utilisée par le « Rouennais pur sang » est inspirée du textile — et particulièrement des cotonnades —, principale production industrielle de Rouen à l'époque.

Page 26.

1. *Rue Grand-Pont* : ancienne rue commerçante du centre de Rouen (détruite en 1944). Elle allait de la cathédrale au pont suspendu, aujourd'hui pont Boïeldieu.

Page 27.

1. *Orléaniste* : royaliste partisan des princes de la famille d'Orléans. Ceux-ci étaient représentés, en 1870, par les trois fils de Louis-Philippe : le duc de Nemours, le prince de Joinville et le duc d'Aumale. Au début du second Empire, beaucoup d'orléanistes s'étaient ralliés au nouveau régime, avant d'entrer dans l'opposition en 1860.

Page 28.

1. *Démoc* : abréviation familière pour *démocrate*, partisan du pouvoir populaire. Il était naturellement mal vu de la bourgeoisie.

2. Le *4 septembre* 1870 : date de la déchéance du second Empire et de la proclamation de la troisième République. « Un coup d'État », conte recueilli dans *Clair de lune*, narre un de ces événements rocambolesques survenus à l'occasion du changement de régime.

Page 29.

1. Le modèle d'Élisabeth Rousset, dans la nouvelle, est une prostituée de Rouen nommée Adrienne Legay. Elle

portait réellement, dit-on, le surnom de « Boule de suif ». Elle mourut en 1892.

Page 31.

1. *Tôtes* : sur la route de Dieppe, à 29 kilomètres de Rouen. Flaubert avait situé dans ce village les débuts de Charles Bovary comme médecin.

Page 33.

1. *Régence* : nom local d'un pain léger consommé avec le café.

Page 37.

1. *Badinguet* : surnom de Napoléon III. Il lui vient du nom de l'ouvrier maçon qui lui céda son vêtement et lui permit de s'évader, en 1846, du fort de Ham où Louis-Philippe le tenait emprisonné.

Page 38.

1. *Timoniers* : chevaux attelés de part et d'autre du timon (par opposition aux chevaux de volée, attelés en avant du timon).

Page 39.

1. Le compte est faux : inadvertance de Maupassant !

2. L'original de l'*Hôtel du Commerce* est l'Hôtel du Cygne, à Tôtes. Voir une reproduction d'époque dans l'*Album Flaubert* de la Bibliothèque de la Pléiade (1972, p. 107).

Page 41.

1. *Un numéro parlant* : jusqu'à la fin du XIXe siècle, on désignait parfois les toilettes par le numéro 100 inscrit sur la porte, conséquence d'un déplorable jeu de mots entre *cent* et *sent*.

Page 45.

1. *Feuillette* : tonneau de vin d'une capacité de 135 litres environ.

2. Maupassant avait d'abord écrit (manuscrit) : « Boule

de suif *dont le ventre et les tétons se mêlaient* sous un peignoir » ; Flaubert avait conseillé d'enlever le mot *tétons* : le disciple a suivi la suggestion du maître.

3. *Le gros numéro* : voir p. 41, n. 1.

Page 46.

1. *Madras* : mouchoir noué autour de la tête.

Page 50.

1. Le fils de Napoléon III et de l'impératrice Eugénie avait quatorze ans en 1870. Il fut tué au Zoulouland en 1879.

Page 52.

1. *Trente et un* : jeu de cartes qui consiste à réunir ou approcher trente et un points.

Page 53.

1. *Écarté* : jeu où l'on a la faculté de mettre de côté, ou *écarter*, les cartes qui ne conviennent pas.

Page 54.

1. Le *lait de poule* est le nom d'une boisson adoucissante faite d'un jaune d'œuf et de sucre battus dans du lait chaud.

Page 59.

1. À partir d'ici, Maupassant fait dresser par ses personnages un panorama plus que cursif d'histoire ancienne et biblique. Judith, étant sortie de la ville de Béthulie, assiégée par Holopherne, se rendit auprès de celui-ci, le séduisit et le tua ; le viol de Lucrèce par Sextus Tarquin entraîna la chute de la royauté à Rome ; Cléopâtre sut triompher, sentimentalement parlant, de ses vainqueurs, César et Marc-Antoine ; Tite-Live (livre XXIII, chap. XVIII) rapporte bien que, au lieu de marcher sur Rome, Hannibal laissa ses soldats se délecter à Capoue, mais les femmes romaines n'y contribuèrent en rien.

Page 66.

1. *Pincer un quadrille* : expression populaire pour dire

s'essayer à ou *exécuter* un quadrille (danse en vogue au XIXe siècle où chaque groupe de danseurs, en nombre pair, exécute diverses figures codifiées).

Page 69.

1. *Bésigue* : jeu de cartes analogue à celui communément appelé « mariage ».

Page 72.

1. En 1880, *La Marseillaise* n'est hymne national que depuis un an seulement. Avant cette date, elle gardait, pour certains, un caractère séditieux.

DU MÊME AUTEUR

Dans la même collection

Recueils de nouvelles

BEL-AMI. *Édition établie et présentée par Jean-Louis Bory.*

BOULE DE SUIF. *Édition établie et présentée par Louis Forestier.*

LA MAISON TELLIER. *Édition établie et présentée par Louis Forestier.*

UNE VIE. *Édition présentée par André Fermigier.*

MONT-ORIOL. *Édition présentée et établie par Marie-Claire Bancquart.*

MADEMOISELLE FIFI. *Édition présentée par Hubert Juin.*

MISS HARRIET. *Édition présentée par Dominique Fernandez.*

CONTES DE LA BÉCASSE. *Édition présentée par Hubert Juin.*

PIERRE ET JEAN. *Édition présentée et établie par Bernard Pingaud.*

FORT COMME LA MORT. *Édition présentée et établie par Gérard Delaisement.*

CONTES DU JOUR ET DE LA NUIT. *Édition présentée et établie par Pierre Reboul.*

LE HORLA. *Édition présentée par André Fermigier.*

LA PETITE ROQUE. *Édition présentée par André Fermigier.*

MONSIEUR PARENT. *Édition présentée par Claude Martin.*

LE ROSIER DE MADAME HUSSON. *Édition présentée et établie par Louis Forestier.*

TOINE. *Édition présentée et établie par Louis Forestier.*

SUR L'EAU. *Édition présentée et établie par Jacques Dupont.*

NOTRE CŒUR. *Édition présentée et établie par Marie-Claire Bancquart.*

L'INUTILE BEAUTÉ. *Édition présentée et établie par Claire Brunet.*

YVETTE. *Édition présentée et établie par Louis Forestier.*

CLAIR DE LUNE. *Édition présentée et établie par Marie-Claire Bancquart.*

LA MAIN GAUCHE. *Édition présentée et établie par Marie-Claire Bancquart.*

LES SŒURS RONDOLI. *Édition présentée et établie par Marie-Claire Bancquart.*

LE PÈRE MILON. *Édition présentée et établie par Marie-Claire Bancquart.*

LE COLPORTEUR. *Édition présentée et établie par Marie-Claire Bancquart.*

AU SOLEIL *suivi de* LA VIE ERRANTE ET AUTRES VOYAGES. *Édition présentée et établie par Marie-Claire Bancquart.*

Nouvelles isolées

BOULE DE SUIF. *Édition établie et présentée par Louis Forestier.*

LA MAISON TELLIER. *Édition établie et présentée par Louis Forestier.*

LE HORLA. *Édition présentée par André Fermigier.*

LA PETITE ROQUE. *Édition présentée par André Fermigier.*

LE ROSIER DE MADAME HUSSON. *Édition présentée et établie par Louis Forestier.*

YVETTE. *Édition présentée et établie par Louis Forestier.*

Composition Nord Compo
Impression Novoprint
à Barcelone, le 25 mai 2015
Dépôt légal : mai 2015
1er dépôt légal dans la collection : mars 2014

ISBN 978-2-07-045819-6./Imprimé en Espagne.

290026